JN206116

サヨナラは言わない

On ne dit pas sayonara

Antonio Carmona

アントニオ・カルモナ

加藤かおり 訳

小学館

On ne dit pas sayonara

by

Antonio Carmona

Copyright © Gallimard Jeunesse, 2023
This book is published in Japan by arrangement with Gallimard Jeunesse
through le Bureau des Copyrights Français, Tokyo.

ぼくにとって初めての日本語となる、
「イチ、ニ、サン、ヨン、ゴ……」を教えてくれた
ぼくの母へ

もくじ

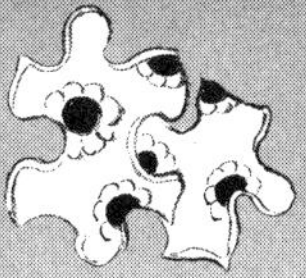

本作品はフランス国立書籍センターの創作奨励金を受給しており、
テクストの大半は2022年4月から同年9月に京都(日本)で執筆されました。

主な登場人物

エリーズ	12歳の女の子
パパ	エリーズのパパ
ステラ	エリーズの同級生
ドドノン先生	エリーズとステラが通う中学校の美術の先生
ナタリアさん	ステラのお母さん
スミレ	エリーズのママ
ソノカおばあちゃん	エリーズのおばあちゃん

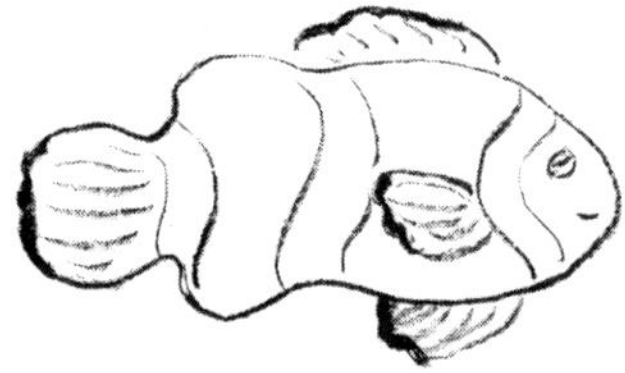

1 ジグソーパズルの箱と庭に掘《ほ》られたふたつの穴《あな》

それはどうしようもなく悲しい知らせがもたらされた日から、ちょうど二日目の夜だった。

二階にあるわたしの部屋まで、パパの叫《さけ》び声がひびいてきた。気が変になったみたいな声で、わたしはあわてて窓《まど》の外をみた。するとパパがうちの小さな庭の芝生《しばふ》を、シャベルでガシガシ掘《ほ》っていた。

こわかった。でも、同時にちょっとだけおかしかった。だってふだんのパパの声はどちらかというと低いのに、その晩《ばん》、うちのきれいな桜の木のまわりの芝生《しばふ》におそいかかっていたときだけ、びっくりするくらい高い声で叫《さけ》んだり、ののしったりしていたから。怒《いか》りと悲しみで、頭がどうかしてしまったオペラ歌手みたいに……。

ほっとしたのをおぼえている。やっとパパがまたしゃべれるようになった、と思って。悲しい知らせをわたしに伝えたあと、パパの口からひと言も言葉が出てこなくなってからすでに二日が過ぎていた。ママのことを知らせなければならなかった数秒間のせいでのどがめためたに痛《いた》めつけられ、全治二カ月の重傷《じゅうしょう》を負ってしまったかのように。

だから当然、パパが庭のまんなかで……、どこかわたしたちの絶望のまんなかで……、パジャマ姿《すがた》のまま大声をあげ、悪態をついているのをみるのはうれしかった。

〝ふう、よかった〟とさえ思った。ママが死んだせいでパパがしゃべれなくなるようなことにならなくて、ふう、よかった、と。

それでも、叫《さけ》び声はじきにやんだ。パパは、掘《ほ》り返したやわらかな土が積みあがった山のすみっこにシャベルをつき立てると、家のなかに戻《もど》った。わたしの部屋の窓《まど》から、桜の木のそばにぽっかりふたつ、大きな穴《あな》があいているのがみえた。桜の木は、ママがここに来たときに植えたものだ。桜の木のまわりに墓穴《はかあな》みたいな大きなふたつの穴《あな》が掘《ほ》られているのをみたらママは顔をしかめただろうな、と思った。だってママはあの木を大事にしていたし、パパもママもうれしそうに交替で水やりをしていたし、それに……。

と、そこまで考えたところで、パパが庭に戻《もど》ってきた！

パパは両腕《りょううで》に、ママが短い人生のあいだに書いた楽譜《がくふ》の山をかかえていた。そしてなにかにとりつかれたみたいに、ママの楽譜《がくふ》をぐしゃぐしゃに丸め、ズタズタに破き、ビリビリに引きちぎった。そしてこまかい紙切れになった楽譜《がくふ》をひとつ目の穴《あな》に投げいれ、怒《いか》りのおたけびをあげた。絶好調のソプラノ歌手でもやきもちを焼いてしまいそうな甲高《かんだか》い声で。

インクで音楽が書きこまれたそれらの紙のすべてに、パパは罰《ばつ》をあたえた。きみたちはもう、永遠に役立たずだ、穴《あな》へ行け！　と命じるみたいにして。

そのあと、むせび泣きながら家のなかにまた戻《もど》った。桜の木の根もとに掘《ほ》られたお墓に自分の楽譜《がくふ》を入れられて、ママはカンカンになったはずだ。自分が書いた楽譜《がくふ》をネズミやワラジムシといっしょにされて、うれしいはずがない。だってあのたくさんの楽譜《がくふ》は、ママの……。と、またまたそこで、パパが庭に舞《ま》いもどってきた！

今度はＣＤの山を運んできた。ママが録音したＣＤだ。そしてもちろん、パパはそのぜんぶを、そう、一枚《まい》残らずぜんぶを、ふたつ目の穴《あな》に投げこんだ。

そのあと、パジャマのズボンで両手をぬぐい、咳《せき》をした。そしてズズッと大きな音を立てて鼻水をすすり、「これでよし」と言った。

薄暗《うすくら》がりがほんの少しのあいだ静けさにつつまれたあと、パパは土を戻《もど》してふたつの墓《はか》穴《あな》をふさいだ。そしてふり返り、頭を上げた。

その瞬間《しゅんかん》、パパは二階の子ども部屋の窓《まど》からわたしにみられていることに気がついた。

そしてまさにその瞬間《しゅんかん》、わたしはパパの目のなかになにかが忍《しの》びこんでいることに気がついた。

パパを別人に変え、何年にもわたってわたしたちを苦しめることになるなにかに。小さなヘビほどの大きさで、パパの瞳《ひとみ》の虹彩《こうさい》にすみつくことになるイキモノに。

それがなんなのか、ちゃんと一〇〇パーセントわかったわけではなかったけれど、とにかくそれがパパのなかに入りこんだのだ。

庭からパパが呼《よ》びかけてきた（ヒステリーを起こしたソプラノ歌手の声じゃなくて、低い声だった）。

「エリーズ？」

「なに、パパ？」

パパが次に口をひらくまで、ちょっとのあいだ気まずい沈黙《ちんもく》が流れた。

「まだ起きてたのか？」

夜、庭でお父さんが穴掘《あなほ》りをしているというのに、眠《ねむ》れる子なんているんだろうか？

いつもは落ち着いた低い声でしゃべるお父さんが、怒《いか》りと悲しみでキイキイ叫《さけ》び声をあげているそばで、眠《ねむ》れる子なんているんだろうか？　残されたほうの親がどうしようもなく悲しい知らせを伝えてきたあと、もう丸二日、ひと言もしゃべれなくなっているというのに、眠《ねむ》れる子なんているんだろうか？

「エリーズ、いまそっちに行く」

パパがわたしの部屋まで上がってくるあいだ、パパはだいじょうぶ、ちゃんと言葉を話せるようになったとわたしは思い、さっきより少し安心した。安心したけれど、心配だった。パパのなかに入りこんだイキモノのせいで。

わたしの部屋でパパと向きあったとき、パパのスリッパにもほっぺたにも髪《かみ》の毛にも、土くれがこびりついていた。パパは両手で箱を持っていた。

「ほら、これ……、これは……これは……、おまえのママが、ママが、おまえにわたしてくれって……」

パパの言葉がとぎれ、涙《なみだ》がひと粒《つぶ》、土で汚《よご》れたほっぺたに細い筋《すじ》をつけてこぼれ落ちた。

わたしはパパのほっぺたについた涙《なみだ》のあとをみつめると、箱を受けとった。

ジグソーパズルの箱だった。ピースの数は一〇〇〇。図柄《ずがら》はカクレクマノミ、映画《えいが》の主人公にもなった、オレンジ色の体に黒い縁《ふち》どりと白いしましまが入ったあの魚だ。

「ありがとう」そう答えたあと、わたしは黙《だま》りこくった。

どうしたらいいのかわからないまま、ふたりでじっとジグソーパズルの箱をみていた。

ようやくわたしはたずねた。

「ねえ、パパ、どうしてママの楽譜《がくふ》とCDを捨《す》てちゃったの？　庭に掘《ほ》ったあの……」

「その話はなしだ、エリーズ」

きつい口調も、感情のこもっていない平べったい声も、まるでパパのものではなかった。

このセリフを言ったのは、パパの目のなかにいるイキモノだった。

わたしはそのとき確信した。前はやさしかった瞳《ひとみ》のずっと奥深《おくふか》く、右のまぶたに隠《かく》れるようにしてイキモノが身をひそめ、パパを乗っとってしまったのだ、と。

こわかった。だから、こう答えた。

「わかった、パパ」

「よし、いいぞ、エリーズ。さあ、もう寝《ね》なさい」

そう言ってパパはわたしをだきしめた。パパの体はこわばっていたけれど、それでもわたしはまだパパに愛されていると感じた。パパのなかに残っていた愛を、わたしはしっかり受けとめた。

それからパパは、わたしの手に一〇〇ピースのジグソーパズルの箱と、わたしの頭に一〇〇個もの疑問《ぎもん》を残して部屋を出ていった。

わたしは、この先ずっと永遠にママからの最後のプレゼントになりつづけるものを手にしながら、わたしの世界のすべてがバラバラに砕《くだ》け散ってしまったという事実に気がついた。

だからその夜、心に決めたのだ。毎日、この箱に入っているバラバラのかけらを組み立てよう、と。

2 いろいろな決まりごとは、八歳《さい》のときに始まった……

パパとわたしに〝世界の終わり〟が訪《おとず》れてから十日ぐらいたったあと、わたしはパパにある質問をぶつけたくなった。

それは四年前、わたしが八歳《さい》のときのことだ。

ほんとうのことを言うと、それは〝ある質問〟ではなくて、〝あの質問〟だった。ママがいなくなってしまってからずっとわたしにつきまとってきた、あの質問。

わたしの頭のなかには、小さなころからいつもたくさんの質問がひしめいていた。ママは生きていたころよくわたしに、「質問っていうのはね、頭のなかにあるより外に出したほうがいいのよ」と言っていた。

だから、しあわせだったあのころとおなじように、あの質問を頭の外に出してたずねた。朝食のときにいきなり、ココアの入ったミルクの鍋《なべ》をかきまわしていたパパに向かって。

そしたら、大変なことになった。

パパはいまにも泣きだしそうになったのだけれど、ぶわっとこみあげてきた涙《なみだ》と〝ママ〟という言葉の組みあわせが、目のなかにいるイキモノをすぐさま呼《よ》びさました。

イキモノはあっというまにパパを支配し、パパの体を花崗岩《かこうがん》のよろいでおおった。ひえびえとした岩が、パパを世界から切り離《はな》した。そんなことが起こったのは初めてだったのだけれど、〝最初で最後〟とはならなかった。

あのとき、イキモノがつくりだしたよろいにパパがのみこまれていくのがみえた。目から光が消え、ココアをかきまわす手が止まっていた。よろいは、息ができなくなりそうなほどパパをぎゅうぎゅうに締《し》めあげた。鍋《なべ》でココアが沸騰《ふっとう》しつづけているそばで、パパはもがいた。うなり声をあげ、息を吸《す》うために感情を押《お》し殺して小さく叫《さけ》んだ。けれどもイキモノはあまりに強かった。そのとき突然《とつぜん》、風にあおられてキッチンのよろい戸がバタバタ音を立てた。わたしはそれをママからの合図だと思った。「ほら、パパを連れもどしなさい。あなたがパパまで失ってしまうわけにはいかないんだから、すぐになんとかしなさい、ほら、いますぐに！」ママにそうせかされている気がした。わたしはとっさに叫《さけ》んだ。

「ココアがこぼれちゃう！」

パパはガスを止め、深く息を吸《す》うと、わたしに向き直った。パパはイキモノの支配を逃《のが》れてこちら側に戻《もど》っていた。

パパは無言のまま、わたしのカップにココアをそそいだ。

それから赤い目をしてテーブルについた。わたしたちは薄暗《うすぐら》いキッチンで朝食をとった。

数分のあいだ沈黙《ちんもく》が続いたあと、ついにパパがわたしたちの生活をつかさどる〝ルールその一〟を言いわたした。

「エリーズ、その質問はもう二度としないでくれ、頼《たの》む。これは決まりだ、いいな？〝よし、それについて話そう〟ってなるまで、その質問はなしだ。約束できるか？」

パパをおかしな状態にしたくなかったし、ココアが鍋《なべ》からあふれだすようなこともさけたかった。

だから、わたしは約束した。

〝よし、それについて話そう〟となるまで、あの質問は口にはしないと約束した。


その約束は、四年前から守られている。

あの日からパパは山ほどルールをつくりだした。たぶん、パパにとりついたイキモノが、パパにこっそり耳打ちしてやらせたんだと思う。そうしたルールはすべて、おなじひとつのことを目指していた。それは、ママの存在《そんざい》をきれいさっぱり消し去ることだ。わたしたちの家の外のずっと遠くへ、わたしたちの記憶《きおく》のはるかかなたへ追いやることだ。ママと、ママの生まれた国、日本を。
ルールその三：二度と日本語を話してはいけない。

ルールその四：ラーメン、おすし、ギョーザ、エビの天ぷら、餅《もち》アイスを食べてはいけない。
ルールその五：マンガを読んだり、アニメをみたりしてはいけない。
ルールその六：玄関《げんかん》で靴《くつ》をぬいではいけない……。
ルールはほかにもたくさんあった。ルールはどんどん奇妙《きみょう》でおかしなものになっていった。
パパはやりすぎだった……。パパはやりすぎで、それはわたしもわかっていたけれど、パパはそういう人だ、しかたない……。

家のなかでひとつ、どうしようもなく日本っぽくありつづけているものがあった。イキモノの力をもってしても、禁止することができないものがあった。日本っぽくありつづけているのにパパが愛していて、目のなかにいるヘビの命令にあらがいつづけているものがあった。

このわたしだ。

パパが半分、ママが半分の、このわたしだ。

そしてなぜわたしが日本っぽくありつづけているかというと、八歳《さい》にしてすでに、ママとそっくりだったから。まさに生き写し。

パパはフランス人で、ママは日本人。でも、この組みあわせから生まれたわたしがどちら似かと言えば、ママの圧倒的《あっとうてき》な勝ちだった。

わたしは理解した。パパがイキモノをうまくコントロールできるように手助けするには、こっちが努力をしなければならないんだ、と。

できるだけほんもののフランス人の女の人みたいな雰囲気《ふんいき》をまとわなければならないんだ、と。

わたしのなかにある、パパにママのことを思いださせるような特徴《とくちょう》はできるだけ隠《かく》さなければならないんだ、と。

わたしはみんなに、わたしは日本とはまったく関係のない純粋《じゅんすい》なフランス人だと思わせなければならなかった。

すごく時間のかかる仕事になりそうだけれど、きっとうまくいくはずだ……。

そう言えばさっき、ひとつ言いそびれたルールがある。〝ルールその二〟だ。

「ピアノのある部屋に入ってはいけない……。いいか、エリーズ、よのなかには鍵《かぎ》をかけて閉《し》めきっておいたほうがいいドアもあるんだよ。それにどっちにしても、ぼくはあんな楽器、むかしからずっと苦手だったしね」

ママの死をきっかけに、パパは大ウソつきになった。とくに自分自身に対しては、まさにウソつきのチャンピオンに。

だって、ウソいつわりのないほんとうのことを言えば、ピアノこそ、パパがずっと愛してやまない楽器だったから。

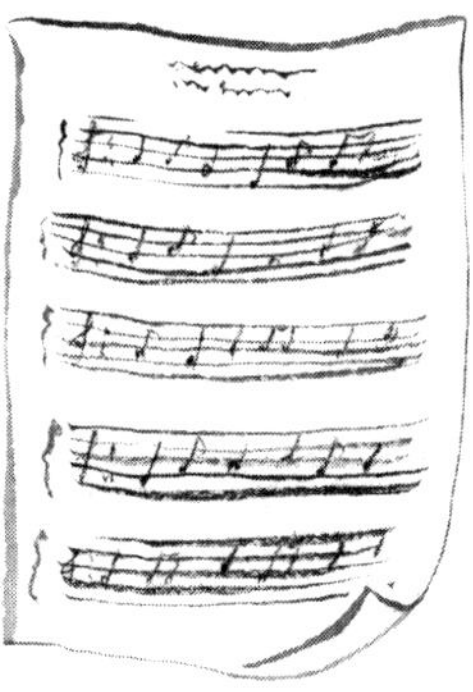

3 調律師《ちょうりつし》とピアニストの伝説の出会い

伝えきくところによると、パパとママが初めて愛を交わしたのはピアノの下でのことらしい。

パパはバカンスで京都に旅立った。当時パパは二十代になったばかりの若者《わかもの》で、生まれて初めて地球の反対側に行ってみることにした。胸《むね》は期待ではちきれそうになっていた――よし、日本に行ったらアニメ専門《せんもん》ショップをめぐって、孫悟空《そんごくう》とベジータ*1の戦闘《せんとう》シーンを再現したフィギュアをゲットするぞ。

ママはパパが訪《おとず》れた京都市の北のほうに住んでいた。パパと同い年の日本人のピアニストで、その目ははるかかなたに向けられていた。なぜなら、自分が生まれたこの島国から遠く離《はな》れた場所で、浮島《イル・フロッタント》という名前のお菓子《かし》を食べることを夢みていたから。

そんなふたりが出会ったのは運命だ。だってパパが偶然《ぐうぜん》、窓《まど》からママの部屋がみえるホテルの小さな部屋に泊《と》まったのは、運命としか言いようがないのでは？

伝えきくところによると、ママは毎朝、窓《まど》をあけたままピアノで作曲をしていた。窓《まど》をあけっぱなしにしていたのは、ある日たまたまそこを通りかかったアメリカ人のプロデューサーが窓《まど》からもれでてくるメロディーに心をうばわれて、ママにハリウッドかブロードウェイへ向かう片道切符《かたみちきっぷ》を差しだしてくれると固く固く信じていたからだ。

　残念なことに、その日、ピアノの調子が悪かった。それはママのせいではなく（ママがピアノを弾《ひ》きそこねることは決してなかった。それについては、パパもママも意見が一致《いっち》していた）、ピアノのせいだった。

　ママはよく、「ピアノはね、きまぐれな楽器なの」と言っていた。ぐんと気温が上がり、空気中の湿気《しっけ》がちょっとだけふえ、しかもおなじ鍵盤《けんばん》を何度もたたいたせいで、ピアノの声帯がこの夏のまっさかりに壊《こわ》れてしまったのだ。

　伝えきくところによると、パパはちょうどそのときホテルの部屋の窓《まど》をあけ、その瞬間《しゅんかん》、恐怖《きょうふ》にみまわれた！　とっさに両手で耳をふさぎ、正面の部屋からきこえてくる調律《ちょうりつ》のくるったピアノの音に思いっきり顔をしかめた。

　ママは自分の部屋の窓《まど》の向かい側で、外国人が顔をしかめているのに気がついた。それというのも、パパのそんなふうにしかめられた顔は、ぞっとするほどみにくかったから。だからママも顔をしかめ、そしてふたりは、それぞれしかめっ面をしながら初めて視線《しせん》を交わしたのだった。

　ママもパパもピアノも無言のまま、気まずい沈黙《ちんもく》が流れた……。

ようやくママが沈黙《ちんもく》を破った。それは向かい側にいる、もしかしたらアメリカ人プロデューサーかもしれない人物に、こんな調子のくるった音をひびかせた犯人だと思われるのはさけたかったからだ。ママは夏のこの暑さのせいだとか、ピアノがたいそう古いからだとか、使われている木材の質がよくないからだとか、いろいろ専門的《せんもんてき》なこともまじえて言いわけをならべたてた。もちろん、ぜんぶきちんとしたていねいな日本語で。

パパは、「あなたの言っていることはちんぷんかんぷんです」と伝えるために、ますます顔をしかめた（当時パパが知っていた日本語は、アリガトウとコンニチハだけだった）。そしてつたないたどたどしい英語で、「お宅《たく》にうかがってピアノを直してさしあげましょうか」ともうしでた。そのあと、「ぼくはちょうど調律師《ちょうりつし》（これはピアノの音を調節する仕事をする人のことだ）の免状《めんじょう》を取得したばかりで、いくつか必要な工具をお借りして、少々《しょうしょう》お時間さえいただければ、ちょこちょこっと作業してピアノを直してみせますよ」といったようなことを英語でつけ足した。

ママは英語で言われた言葉はきこえたけれども、意味はさっぱりわからなかった。それでも当然、こう考えた――きっとこの人はアメリカの大物プロデューサーの、少々《しょうしょう》ヌケてカッコの悪い青年アシスタントで、わたしをスカウトしにきたにちがいない！　ママは興奮《こうふん》して舞《ま》いあがり、「イエス・アイ・ドゥー！（はい、やります！）」と叫《さけ》んだ。大地をゆるがすほど熱っぽく。

伝えきくところによると、その数分後、わたしのパパとママはピアノのそばで対面した。そしてふたりとも、すぐにがっかりすることになった。なあんだ、この彼《かれ》、アメリカ人プロデューサーのアシスタントじゃなかったのね……。あれれ、彼女《かのじょ》、ちゃんとした工具を持っていないのか……。

それはママにとっては、この島国を飛行機のファーストクラスで、あるいはプライベートジェットで出るチャンスがめぐってきたわけではないことを意味していた。いっぽうパパにとっては、トラブルを解決するのに、ちょこちょこ以上の作業が必要になるということだった。

ピアノの修理にまつわるめんどうな作業について、ここであれこれ説明する気はない。でも、心にとめておいてほしいのは、初めて出会ったこの朝、ふたりが何度も声をあげて笑ったということだ。

おたがいの言葉を理解できず、そのうえふたりとも英語がおぼつかなかったので、パパもママも言いたいことを伝えるのに、想像力をたっぷり働かせなければならなかった。

ふたりは身ぶり手ぶりをまじえ、そのへんにあるものを人形に見立てて動かし、大げさに表情をつくり、ギコギコだの、パタパタだの、コンコンだのといったオノマトペをさかんに口にした。気がつかないうちに、なんだか野性に戻《もど》ったような、ちょっとクレイジーな雰囲気《ふんいき》になっていた。なにをしても、なにを言っても、それはゆかいなゲームに変わった。ぜんぶがぜんぶ、頭をうんとひねって解き明かさなければならない驚《おどろ》きの謎《なぞ》だった……。そしてもちろん、笑いも大いに活躍《かつやく》した。だって笑いは、世界共通の言語だから。おそらく野性の本能が呼《よ》びさまされていたのだろう。ふたりのあいだに、ビビッと電流が走った。そしてピアノの調律《ちょうりつ》がすむと、ふたりはキスをして、愛を交わした。

伝えきくところの最後によると、パパはそのあと、一曲弾《ひ》いてちゃんと音があっているかどうかたしかめた。

ピアノの音はまったくもって正確で、だれも顔をしかめなかった。パパが奏《かな》でるイ短調の調べをききながら、ママはこのいっぷう変わったフランス人の顔を、「あら、よくみたらハンサムかも」と思った。パパはかんたんな曲、つまり調律師《ちょうりつし》が音を確認《かくにん》するときによく使う曲を弾《ひ》いた。〈エリーゼのために〉を。

その五年後、わたしが生まれた。わたし、エリーズ［「エリーズ」はドイツ語の人名「エリーゼ」のフランス語読み］が。

その八年後、ママが死に、パパがママの楽譜《がくふ》を庭に埋《う》めた。

その四年後、わたしは一〇〇〇ピースのジグソーパズルをたった六時間で組み立てられるようになった。のちの人がわたしについて伝えきくことになる話は、たぶん、これかもしれない。

＊1　孫悟空《そんごくう》とベジータは、アニメにもなったマンガ〈ドラゴンボール〉のメインキャラクターだ。ママはわたしにアニメシリーズ〈ドラゴンボール〉シーズン1の日本語版テーマソングを教えた。パパの誕生日《たんじょうび》にふたりで歌ってあげられるように。誕生日《たんじょうび》のとき、パパはなによりこの歌のプレゼントによろこんでいた気がする。

4 わたしの頭のなかのジグソーパズル

きょう、パパから新しいジグソーパズルをもらった。

パパは年に四つか五つ、思いついたようにジグソーパズルをプレゼントしてくれる。パパはジグソーパズルの箱を、リビングのテーブルにぽんと無言で置く。「じゃじゃーん、さあ、これはなんでしょう?」といったような派手《はで》な演出はひとつもなく、こちらからのありがとうの言葉を待つこともなく。

でもパパは知っている。わたしが大のジグソーパズル好きで、もらったパズルをかならず完成させることを。

ママが死んでから、わたしの部屋の壁《かべ》には十三のジグソーパズルの作品が飾《かざ》られている。それらはみんな一〇〇ピース以上あるパズルで、わたしは何度も何度も組み立てたりばらしたりを繰《く》り返したあと、ようやく額《がく》に入れている。

たいていの場合、一カ月か二カ月、おなじパズルに集中する。できるだけすばやく組み立てられるように週に何度も練習する。最初は箱のふたに印刷してある完成図をみながら。そのあとは、なにもみないで。

パズルを仕上げるタイムに満足できるようになったら、完成した作品を机《つくえ》の上に平らに置く。そして作品のなかからいくつか、だいたい五つか六つ、適当にピースを抜《ぬ》きとる。そのあとノリとニスを塗《ぬ》り、乾《かわ》くのを待つ。乾《かわ》いたら額《がく》に入れ、窓《まど》のそばに置く。

パパがおやすみを言うためわたしの部屋に入ってきたときに新しい作品が飾《かざ》られていると、そっけなくほめてくれる。

「いいね。きれいだ」

パパはいつもそっけなくほめる。実際、パパは毎日、そっけなく生きている。

かつてパパの瞳《ひとみ》のなかにあったやわらかなぬくもりは消え、そこには例のイキモノがのさばっている。イキモノはみえないよろいをパパにまとわせつづけることに成功した。パパが抱《だ》きしめてくれるときだけ、わたしは肌《はだ》によろいの石の硬《かた》さと冷たさを感じている。

飾《かざ》られている作品のピースがいくつか欠けていることに、パパが気づいたためしはない。なぜかははっきりわからないけれど、わたしはパパにそのことに気づいてほしい。「どうして最後まで完成させないんだ？」とたずねてほしい。「欠けているピースはどこにいったんだ？　もしかして、食べちゃったのかな？」ときいてほしい。「この子にはなにか病的なこだわりがあるんだろうか？」と心配してほしい……。

もしパパにたずねられたら、欠けているピースはベッドのわきにあるテーブルの箱にしまってあるよ、と答えるだろう。抜《ぬ》きとったピースを入れるための箱のなかだよ、と。

わたしの部屋の壁《かべ》に決して飾《かざ》られることのなかったジグソーパズルもいくつかある。それらは一〇〇ピースに満たないポケットサイズのもので、そうしたパズルは下着といっしょに引き出しにしまってある。

図柄《ずがら》が気に入らないパズルも飾《かざ》られることはない（プリンセスとか、ハチドリとか、花束とか）。

そしてカクレクマノミの一〇〇ピースのパズル。ママがくれたあのパズルも飾《かざ》ったことはない。

あれは大事に保管している。ピースが欠けたまま額《がく》に入れてはいけないと思っている。わたしの病的なこだわりが治ったら、壁《かべ》に飾《かざ》るつもりだ。

でも、カクレクマノミたちとは毎日顔をあわせている。毎日なにがあっても、あのパズルのピースを組み立てている。急いだり、タイムを気にしたりせずに。

厚紙でできたピースをそれぞれどう組めばいいか、もうすっかり頭のなかに入っている。なのに、このパズルにわたしが飽《あ》きることはない。これを組み立てるのは瞑想《めいそう》に似ていて、わたしはもうなにも考えずに、というか、ある意味ママのことを考えながら、ピースとピースをはめあわせている……。

ほんの十分かそこらで、わたしの目の前に六匹《ぴき》のカクレクマノミがそろって姿《すがた》をあらわす。魚たちが泳ぐパステルブルーの海もばっちりできあがる。よし、すべてがきちんとおさまった、もう疑問《ぎもん》はない、もう謎《なぞ》はない、ママは死んだ、はい、終了《しゅうりょう》。

そのあとまず外枠《そとわく》のピースをそっとはずし、それからカクレクマノミと海をバラバラにし、すべてを箱におさめて部屋の棚《たな》に置く。それはママにささげられた特別な棚《たな》で、そこにしまわれるのは、ママからのこの最後のプレゼントだけだ。

というわけで、とにかくパパがきょう、新しいジグソーパズルをくれた。

パズルのタイトルは〈魔法《まほう》の図書館〉、ピースの数は一〇〇〇。

完成図にあるのは、シンプルな木の本棚《ほんだな》にひしめく、表紙もかたちもさまざまな大量の本だ。本は色ごとに分けられ、それぞれの背表紙《せびょうし》に描《えが》かれた絵が物語の内容をさりげなくあらわしている。かぼちゃ、森、人形……。本棚《ほんだな》のふたつのセクションは、白黒の表紙の本にあてられていた。これは重要なポイントだ。なぜなら、ほかの部分がとてもカラフルなので、白黒のここだけまわりから浮《う》いてみえるから。

新しいジグソーパズルにチャレンジするとき、わたしはいつも全体のハーモニーを乱《みだ》しているところから手をつける。そうした箇所《かしょ》は完成図からかんたんに導きだせる取っかかりになる部分で、机《つくえ》に小さなピースをばらまいたとき、ここの部分のピースだけはすぐにみつけることができる。

〈魔法《まほう》の図書館〉のピースを箱から出したのは、お昼ごはんを食べたすぐあと、十二時三十二分ごろだった。

パズルは八時間後、夜の八時二十分に完成した。

図柄《ずがら》のなかの青緑色の本のかたまりには苦労させられた。そのうちの何冊《さつ》かはものすごく似ていた。それにたくさんのピースがおなじようなかたちをしていたので、脳《のう》みそはうんざり気味だった……。

わたしは〈魔法《まほう》の図書館〉をバラバラにした。あさって、もっとタイムを意識してもう一度組み立てよう。きょうのはほんのお遊びだ……。

夕食の時間が来てキッチンに下りたときに気がついた。きょうはタマネギのタルトの日だった、と。

5　タマネギのタルト

ママの死からほどなくして、タマネギのタルトがわたしたちの暮《く》らしのなかに入りこんできた。

そうなったのは、パパには悲しみにひたれる場所が必要だったから。パパ自身そうとは気づかずに、そしてイキモノにも気づかれずに悲しみにひたれる場所が。

最初の日のことはおぼえている。あれは十月のある晩《ばん》のことで、わたしはパパがリビングのソファで固まっているのを発見した。パパはそのときテレビをみていたわけではなく、本を読んでいたわけでもなく、うつろな目でまっすぐ前をみつめていた。〝生けるしかばね〟ってやつだった。

パパが身動きするのを何分も待ってみたけれど、さっぱりだった。まばたきひとつしなかった。それはどんよりと暗い思いにとらわれている、静止画のパパだった。

その光景は、わたしを底なしの悲しみにつき落とした。あのときの気持ちはよくおぼえている。なんにもしなかった自分がうらめしかった。

パパの気持ちを楽にする魔法《まほう》の力を持ちあわせていない自分がうらめしかった。

パパのなかにいる悪をたたきのめす強い言葉を知らない自分がうらめしかった。

あまりにも日本人ぽくて、ママに似ていて、知らず知らずのうちにパパにママのことを思いださせている自分がうらめしかった。

自分のことがあんまりうらめしかったから、最後はしくしく泣きだした。

「パパ……」

パパはこちらに顔を向け、わたしをみた。でも、パパの視線《しせん》はわたしをすり抜《ぬ》けていった。

「パパは悲しんでるんだよね、ママが……」

パパはその先の言葉をきこうとしなかった。パパのなかにいるイキモノが、パパの涙《なみだ》とパパをこんなにも苦しめている人の呼《よ》び名を、つまり〝ママ〟という呼《よ》び名を結びつけることを禁じていたから。

というわけで、パパはあわてて赤い目をこすり、わたしの言葉をさえぎった。そして悲しみを遠いかなたに追いやると、むりやりほほえみを浮《う》かべてすぐに言った。

「ちがうちがう、心配しなくていいぞ、エリーズ。ただ……、ただ……、考えてたんだよ、今夜の夕食のメニューを。えーっと……、えーっと……、夕、タマネギのタルトにしようかなって」

それからパパは、まるでロボットが歩くみたいにして野菜の入ったカゴのほうへ行き、いま名前が出た野菜を二、三個つかみあげると、テーブルの上にあったプラスチックのまな板に置いた。そして大きなナイフで、タマネギと胸《むね》にかかえている悲しみの両方を薄切《うすぎ》りにしはじめた。

ツンと鼻をさすタマネギを切りながら、パパの目から涙《なみだ》があふれでた。タマネギは、どうしたって涙《なみだ》を誘《さそ》う。

あのとき、パパは目をぎゅっと細めながら、わたしに向かって弱々《よわよわ》しい笑顔をつくった。

「まったく、タマネギってやつは、タマネギってやつは……困《こま》ったものだな！　エリーズ、部屋に戻《もど》っていいぞ。タルトができたら呼《よ》ぶから」

パパはそういう人だ、しかたない……。

その夜、わたしたちはそれぞれ、暗黙《あんもく》のルールを胸《むね》にきざんだ。〝おたがいを前にして、ママのことで泣いてはいけない〟という鉄のルールを。

あれから四年のあいだ、タマネギのタルトは何度も何度も食卓《しょくたく》に上がった。その数は、壁《かべ》に飾《かざ》られたジグソーパズルの作品の数よりもずっと多い。

〈魔法《まほう》の図書館〉を組み立てたあとキッチンに下りていくと、パパはいつもとおなじお芝《しば》居《い》を繰《く》り返した。やってきたわたしに、トントンというナイフの動きを止め、涙《なみだ》でぬれた顔を上げてこう言ったのだ。

「まったく、タマネギってやつは……」

そしてつくり笑いを浮《う》かべると、むりやりウィンクした。

わたしもウィンクをお返しした。おなじようにむりやりのウィンクで、しかも泣いているパパをみて、わたしも泣きそうだったのだけれど。

わたしは思った。こんなふうに片目《かため》をつぶりながら、わたしはいったいなにに目をつぶろうとしているんだろう？

いったいなにに手を貸しているんだろう？

いまこんなふうになってしまったのは、わたしのせいなのだろうか？　何年か前に思いきってあの質問をもう一度口にしていたら、パパとわたしの人生のドラマは変わっていたんだろうか？　わたしにパパを変えることはできるんだろうか？　たぶん、今夜、タマネギのタルトを食べながら、わたしがあの質問をすれば……。

「エリーズ、テーブルをととのえてくれ！」

そう言われてわたしはテーブルをふき、それと同時にのどの奥《おく》につっかえていたいろいろな質問を（あの質問を）払《はら》いのけ、向かって左にフォークを、右にナイフを置き、それぞれのお皿のまんなかに小さな白いナプキンをのせた。

それから少ししたあと、パパといっしょにタマネギのタルトとパパのスペシャルサラダを食べた。

皮肉なことに、パパのタマネギのタルトは絶品だった。何度もつくっているうちに、おいしくするコツをみつけたのだ。

わたしたちは無言のまま食事を終えると、庭の奥《おく》に生えている弱りきった桜の木をじっとながめた。パパはあの木に水をやるのを禁じていた。

「そういう決まりだ。あの木が生きる運命なら、勝手に生きるさ」

桜の木は息もたえだえだった。命綱《いのちづな》はときたま思いだしたように降《ふ》る雨だけで、その雨も、桜の木がなんとか生きのびるのにぎりぎりの量だった。

そのあと、わたしたちは早い時間にいっしょに歯みがきした。バスルームでパパがたずねてきた。

「明日、学校は九時に始まるんだな?」

「うん、そう。ねえ、パパ?」

「ん?」

「歯みがき粉がなくなっちゃったよ」

パパはすぐに自分の部屋に行った。ビニール袋《ぶくろ》をごそごそやっている音がきこえてきた。

やがてパパは、おなじメーカーの新しい歯みがき粉のチューブを二本手にして戻《もど》ってきた。

「ほら」誇《ほこ》らしげにパパが言った。「たとえなくなっても、ちゃんとまだあるぞ」

「ありがとう」

「この家に足りないものなんてないからな。ぼくらふたりに、足りないものなんてないだろ、なっ?」

パパはそのウソがほんとうらしくきこえるように、みょうに感情をこめて言った。大事なのは、わたしがパパの言葉を信じているとパパが思えることだった。パパはそういう人だ、しかたない……。というわけで、わたしは笑顔をつくった。

「うん、足りないものなんてないよね、パパ」

それからわたしたちはいっしょに歯みがきした。いちばん足りないものを、というか、ここにいないいちばん恋《こい》しい人のことを、それぞれこっそり心のなかで想《おも》いながら。

6　と《ト》って《レ》もと《ト》って《レ》もイケてる特《ト》徴《レ》

ドドノン先生がどこからどうみても芝居《しばい》がかった身のこなしで美術室のドアを押《お》しあけたとき、わたしたちはすでにそれぞれ自分の席に着いていた。

先生は教室に足を踏《ふ》みいれる前に、りんとした口調で言った。

「きょうは、と《ト》って《レ》もと《ト》って《レ》もイケてる……」

ところがさっき先生がいきおいよくドアをあけたせいで、ドアは部屋の壁《かべ》にぶつかってはねかえり、先生が最後まで言い終える前に顔をバシンと直撃《ちょくげき》した。

華々《はなばな》しく登場しようとしたせいで、先生はひどい目にあった。美術室のあちこちからクスクスと押《お》し殺した笑いがあがった。それからわたしたちは顔をみあわせ、無言で問いかけあった。だれかが先生を助けに行かないとまずいんじゃないか……。

でも、助けに行く必要はなかった。

おぎょうぎよく教室がしんと静まり返ったあと、ドドノン先生がもう一度、美術室のドアをもったいぶったしぐさであけたからだ。先生は、今度はドアの取っ手をしっかり握《にぎ》りしめたままにしながら、熱っぽく声をはりあげた。

「きょうは、とって《トレ》もとって《トレ》もイケてる線《トレ》を描《か》いてもらいます！」

先生は目をみひらくと、深々《ふかぶか》と息を吸《す》って鼻の穴《あな》をふくらませた。それからちょっとためらったあと、取っ手を握《にぎ》りしめている手と反対側の手を腰《こし》にあてた。

そして、そのままポーズをとった。

いつものように、わたしたち中学二年生［フランスの中学二年生は十二～三歳で、日本の中学一年生に相当する］の生徒はみんな、この大げさな演出にどう反応していいのかわからずとまどった。先生が目をカッとみひらき、口をキュッとすぼめているこの日はなおのこと。先生はどうやらわたしたちの反応を待っているようだった。ためらうような空気が流れ、二、三人の生徒が咳《せき》ばらいした……。そのあと、ステラがおっかなびっくりといった感じでちょっとぎこちなく拍手《はくしゅ》をし、それに続いてクラスの全員がなんとなくパチパチと手をたたいた。

それを機にドドノン先生はポーズをとるのをやめ、ズズッと黒板のほうに移動して言った。

「はい、それでは、線《トレ》を描《か》いてください……」

そして目をつぶると、ペンをつまむように親指と人差し指の先っぽをくっつけて、空中に想像上の縦線《たてせん》を引いた。ゆっくりゆっくり、一分近くかけて。

「ただし、とって《トレ》もとって《トレ》もイケてる線《トレ》を」

そして目をひらき、指をくねくね動かすと、ウサギを消し去ったばかりのちょっと色っぽい女マジシャンが呪文《じゅもん》を唱えるみたいにして、くちびるの先でささやいた。「アブラカダブラ〜」

「これは、この学期の成績をつける材料となります！」先生はおごそかに宣言《せんげん》した。

教室じゅうから、やいやい抗議《こうぎ》の声があがった。「成績をつけるのはまだ早いよ。ハロウィーンの休暇《きゅうか》が明けたばかりなんだから、カボチャでも彫《ほ》らせてくれりゃいいのにさ」と文句を言う生徒もいた。けれどもドドノン先生はくちびるに指をあてて「シーッ……」と言い、自分の右側にあるラジエーターに視線《しせん》を向けたあと、ききわけの悪い生徒たちに心配そうな顔でささやいた。

「製作タイムはもう一時間もありませんよ」

というわけで、わたしたちはしぶしぶ作業に取りかかった。

初めに断っておくと、わたしはジグソーパズルは得意だけれど、美術はてんでダメだ。去年は平均点をぎりぎりで超《こ》えるのがやっとだった。ドドノン先生はこの田舎町にある小さな中学校のたったひとりの美術の先生で、中学一年生から四年生［フランスの中学校は四年制］までの全員が、先生の突拍子《とっぴょうし》もない言動と謎《なぞ》めいたタイトルがつけられた課題に向きあわなければならなかった……。つまり、わたしの場合はあと三年、ドドノン先生とつきあうことになる……。やれやれ、これからの三年間、いったいなにをやらされるんだろう？

とにかくわたしは、頭のなかにしつこく居座《いすわ》ろうとするこんななげきの声を追い払《はら》い、自分がとっても《トレ》イケてると考える線《トレ》がどんなものか必死に頭をしぼってみたけれど、なんにも浮《う》かんでこなかった。

目の前に置かれたまっ白な紙をにらみながら、とっても《トレ》とっても《トレ》とっても《トレ》とっても《トレ》頭のなかで繰《く》り返すうちに、わたしはいつのまにか線《トレ》ではなくて特徴《トレ》について……、それも自分自身の特徴《トレ》について考えていた。

わたしのとっても《トレ》とっても《トレ》とっても《トレ》黒い髪《かみ》、とっても《トレ》とっても《トレ》切れ長の目、二次元のビデオゲームから飛びだしてきたみたいなとっても《トレ》とっても《トレ》平べったい顔……。こうしたあれこれの特徴《トレ》は、ひょっとしてイケてるのだろうか？

八歳《さい》のときより十二歳《さい》のいまのほうがもっと母親に似てるというのは、イケてることなのか？　鏡をみるたびママがすぐにすうっと姿《すがた》をあらわすのは、イケてることなのか？　わたしの人生は、イケてるのか？　校庭でクラスメイトたちに「日本語、話して」と言われたときに、「忘《わす》れちゃったな、わたしはフランス人だよ、あっちじゃなくてこっちで生まれたんだから。それにあの国は好きじゃない、戻《もど》るつもりはさっぱりない、だって……」と答えているわたしの人生は……。

「イケてますねえ、ティボーさん。ええ、とっても《トレ》とっても《トレ》イケてますよ！」

遠くのほうから、列のあいだを歩きながらそれぞれの作品にちょっとしたコメントをのべるドドノン先生の声がひびいてきた。

「スタニスラスさん、あなたの線はとって《トレ》もとって《トレ》もじゃなくて、ぎりぎりですね……」

ヤバい、わたしも作業に取りかからなくっちゃ。机《つくえ》の上には紙、色鉛筆《いろえんぴつ》、万年筆、フェルトペンがならんでいる。わたしは線を一本引いた。黒い鉛筆《えんぴつ》でとって《トレ》もはっきり、とって《トレ》も太く、白い紙にぐいっと斜《なな》めに一本。よし。

それから線のまんなかを消しゴムで消した。すると、線が二本になった。線《トレ》と線《トレ》。これはとって《トレ》もとって《トレ》もではないか？　それから下にあるほうの線の上に赤と黒と灰色《はいいろ》のペンを走らせ、この線を消し、塗《ぬ》りつぶし、破壊《はかい》し、埋《う》め去った。それからそのとなりに箱を描《えが》いた。箱の四角い白地のまんなかに、でかでかと大きな赤い丸まで描《えが》きくわえた。そして消し去られた線から箱に向けて、矢印を引いた。ぐしゃぐしゃにされ、埋《う》め去られた線がそこにおとなしく入っていなければならないことがだれの目にもわかるように。

さて、今度は残っているもう一本だ。

こっちの線は大切にあつかった。こっちはいい感じに、にこやかで、素直な感じにし、色をつけ、ほほえんでいるハッピーなニコちゃんマークをつけた。道具箱の底にあったスパンコールをいくつか散らしてみたら、ぴったりだった。

終了《しゅうりょう》のベルが鳴った。紙の裏《うら》に名前を書き、最後にもう一度、自分の作品をながめた……。正直に言うと、消し去ろうとした線しか目に入らないような気がした。フランス語の先生が言う、〝目に飛びこんでくる〟ってやつだ……。はたしてこの作品がとってもイケてるのか、自信はなかった。

でも、しかたない。

ドドノン先生に紙をわたし、さようならを言って次の授業に向かった。

7 ステラとサスケ

パパはわたしが毎週月曜にステラといっしょにいるとき、パパが決めたルールのひとつを破っているのを知らない。

ステラとわたしは月曜の午後、ステラのパソコンで〈ナルト〉をみているのだ。

これは今年の九月にわたしたちが友だちになったときから始まった、毎週恒例《こうれい》のイベントだ。

時間割《じかんわり》のせいで月曜は授業が午後の二時半で終わるので、パパはわたしに、「ひとりで家にいるより、友だちと過ごすほうがいいんじゃないか」と言った。「そしたら、ジグソーパズルから少し離《はな》れて気分転換《てんかん》できるだろ」たしかにそのとおりだと思った。

とはいえ、わたしはもう、小学四年生と五年生［フランスの小学校は五年生制］のときの友だちとはつきあいがなかった。中学一年生になったときも、新しい友だちをつくろうとしなかった。だれかと仲よしになりたいとは思わなかった。

それでも、わたしに友だちがいないことをパパがよろいの向こう側で心配しているのは感じていた。というわけで、だれかと仲よしになる必要にせまられた。友だち候補《こうほ》を選ぶにあたって、わたしはクラスメイトをひとりひとりじっくり分析《ぶんせき》した。

そして最終的に、ステラに白羽の矢を立てた。

それはステラがちょっと変わった子で、わたしは変わった人といるとほっとするからだ。それにやさしい感じもして、ママがよく、人生はやさしい人たちにかこまれるべきだと言っていたからだ。おまけにドドノン先生の最初の授業の課題で、ステラは自分のリュックサックのポケットにカクレクマノミを一匹描《ぴきえが》いていて、わたしにはそれがなにかのサインに思えたからだ。

「月曜の午後、いっしょに過ごさない？」とわたしが誘《さそ》うと、ステラはものすごくよろこんだ。かわいそうなことに、ステラにも友だちがひとりもいなかった。でもわたしとちがって、そのことですごく心を痛《いた》めていたんだと思う。ステラは、空から天使が降《ふ》ってきたみたいにわたしを歓迎《かんげい》した。

「うん、うん、いっしょにつるもう！　エリーズは日本人だから、これはもう、あたしのパソコンで日本のアニメをみるしかないね！」

「わたし、日本人じゃないよ」わたしはちょっとげんなりしながら訂正《ていせい》した。

「あっ」

ステラはがっかりもせず、驚《おどろ》きもせず、ただ口を少しほほえんでいるみたいな大きな〝あ〟のかたちにして固まった。微妙《びみょう》な空気が流れた……。ステラはたぶん、わたしが会話をとぎれさせないようにするために、自分の親がもともとどこの国の人なのか説明するのを待っていたんだと思う。けれどもわたしは黙《だま》ったままだった。自分の、とっても《トレ》とってもイケてる特徴《トレ》について話すつもりはなかった。

わたしにこの話をする気がないとわかると、ステラはほほえみをつくっている大きな〝あ〟をくずし、あわてて言った。

「とにかく、あたしはマンガが好き。で、きのうの夜からナルトをみはじめたんだ。あたしんちはね、中学校からほんとにほんとにすぐなんだよ(ステラは学校から自宅《じたく》までの距離《きょり》がわたしを説得する決め手だと考えているみたいに、〝ほんとにすぐ〟を強調した)。だからもしよかったら、うちにおいでよ。いっしょにナルトをみよう。あたしはかまわないよ、最初からもういっかいみても。そしたら、エリーズも話についてこられるもんね」

ステラはほとんど息つぎをしないで一気に言った。言い終えると、くちびるがすぐさま前とおなじ大きな〝あ〟になった。

ステラは変わっている女の子だった。

そのまなざしには、どこか必死なところがあった。ひとりぼっちの悲しみが満ちている大きな湖を隠《かく》そうと、むりに明るくはしゃいでいるみたいなところが。

わたしは胸《むね》がじんとした。

だから、「いいよ、ナルトをみよう」と言ったのだ。どうせパパにバレるはずがない、と自分に言いきかせながら。

ステラの顔から緊張《きんちょう》が消えた。断言できる。くちびるが今度は〝お〟のかたちになり、「ほっ」という音まで出ていたのを。彼女《かのじょ》がわたしの手を取り、「こっちだよ」と言い、わたしたちはステラの家に向かった。


とはいえ、ステラの家は中学校から〝ほんとにすぐ〟のところにあるわけではなかった。わたしは二十分ちょっと歩くはめになった。ステラはそのあいだずっとわたしの手を握《にぎ》ったまま、〈ナルト〉のすごさを力説した。

「アニメファンのあいだではとりわけ有名な作品のひとつだよ。もうずーっと前から知られてる。これをみないなんてありえない」

ステラは、音声を日本語のままにして、フランス語の字幕《じまく》つきでみてもかまわないかたずねてきた。

「だって、あたし、高校では日本語を勉強しようって思ってるんだ」

なんだかみょうな展開《てんかい》だった。わたしの新しい友だちは、わたしに〈ルールその五〉を破らせようとしているだけでなく、家で禁止されている言語まできかせようとしているのだから。あれは不吉《ふきつ》なサインだったのか？　わたしはあのとき、まわれ右をして帰るべきだったのか？　けれども、ステラのリュックサックに描《えが》かれたあのカクレクマノミが、右に左にやさしく揺《ゆ》れていた……。

わたしは、音声は日本語でかまわないと返事した。

道すがら、ステラはサスケについて熱く語った。

「すんごくカッコいいんだから！　びっくりするよ！」

そんなわけでわたしは、べつに興味はなかったのだけれど、サスケというのが〈ナルト〉のメインキャラクターのひとりで、主人公のライバル、もっと言えば、謎《なぞ》に満ちた暗い過去を持つライバルといった位置づけのキャラクターであることを知った。第一話をみただけで、ステラがたちまちサスケに恋《こい》してしまったことも。

わたしはそんな情報をきかされて、ステラに対して打ちとけた気持ちになった。そこでつと足を止め、手をふりほどき、率直な疑問《ぎもん》をぶつけてみた。

「でも、サスケって人のことはよく知らないんだよね。だから、恋《こい》してしまうなんて、おかしいよ」

近くにぬすみぎきしようとしている人がいないことをたしかめようとしたのだろう、ステラはさっと左右に目を走らせた。そして、これから世紀の大襲撃《だいしゅうげき》をしかけようとしているギャングのボスみたいに目を細め、声をひそめながら究極の秘密《ひみつ》をささやいた。

「じつはね、もう読んじゃったんだ。サスケの人生をまとめたものを、ウィキペディアで」

そう言ってステラは「ふふん」と小さく笑い、いたずらっ子のように鼻にしわを寄《よ》せた。

「あたしって悪知恵《わるぢえ》の働く、すみに置けないやつでしょ！」とでも言うように。それから

わたしの手を握《にぎ》ることなく、すたすた歩きだした。

この究極の秘密《ひみつ》をきかされたわたしは、自分がいま、町いちばんの変人とつるんでいる

ことに気がついて、足が地面にくぎづけになった。

ステラは数メートル進んだあと、あれっと思ったのかふり返り、わたしがその場に棒立《ぼうだ》

ちになっているのをみて心配そうな顔をした。

「もしかして、不安になっちゃった？　まだうちに来る気、ある……よね？」

くちびるがまた〝あ〟の字のかたちで固まり、目まで〝あ〟と言っているように丸くな

った。たぶんそれが、あわてたときにステラが自分の感情をあらわすやり方なのだろう。

「う、うん。行くよ。だって、だって……みたいもん、ナルトを」

「ほっ！」

わたしはその日、こうして友だちをつくった。

8 ホットココアとたえきれないやさしさ

ステラの部屋は、どこをとってもわたしの部屋とはまるで正反対だ。

毎週月曜にステラの部屋に足を踏《ふ》みいれるたびに、わたしはいつもそう思っている。

わたしは、ものが少ないすっきりとした部屋が好きだ。中学校で使うものは、シンプルで機能的なチェストに入れている。服はナチュラルな木でできたクローゼットにしまっているし、ベッドカバーや枕《まくら》カバーにはぴらぴらの飾《かざ》りも派手《はで》な柄《がら》もついてない。ベッドのとなりにあるのは飾《かざ》り気のない小さなナイトテーブルで、その上には目覚まし時計にもなるラジオがのっかっている。宿題をしたり、ジグソーパズルを組み立てたりする机《つくえ》にしても、四本の脚《あし》にまっ平らな板がのっているだけの、味もそっけもないしろものだ。たしかに、部屋には額《がく》に入れた十三枚《まい》のジグソーパズルの作品がある。それらは窓《まど》の近くに飾《かざ》ってある。そこだけがわたしの部屋でただひとつ、カラフルで驚《おどろ》きに満ちたコーナーだ。そこはわたしの部屋の殺風景さとは真逆の空間で、がらんとしたわたしの部屋のなかにある別世界だった。

ステラのほうは、にぎやかで目まぐるしく変化する世界で暮《く》らしている。部屋の壁《かべ》は真っピンクに塗《ぬ》られていて、そこにステラは青いペンキで詩をいくつか書いていた。机《つくえ》の上には小さなポニーのフィギュアがならび、ナイトテーブルには大きな水晶《すいしょう》玉《だま》がでんと置かれ、ドアの取っ手にはボクシングのグローブがつるされている。ベッドのわきにある小さな柳《やなぎ》の編み椅子《いす》にのっているのは、ぬいぐるみの山だ。天井には〈We DON'T want you（われわれにきみは必要ない）〉と書いてある、米軍募集《ぼしゅう》ポスターのパロディ版が貼《は》ってあり、クローゼットの扉《とびら》にはティアラがピンでとめられている。バンド・デシネ［フランス語圏のマンガ］がごちゃごちゃ積みあがった棚《たな》にはブルドッグのかたちをしたランプが押《お》しこめられていて、ベッドの下からはプラスチックのビッグサイズの大弓が飛びだしている……。初めてステラの部屋に入ったとき、わたしは目が痛《いた》くなった。

十一月初めのこの月曜の午後も、いつものようにわたしはステラの家に遊びに行った。先週、〈ナルト〉のシーズン1の二十五話をみおわって、これからシーズン2に突入《とつにゅう》するところだった。

シーズン2をみはじめるにあたり、ステラとわたしは、「いっしょに過ごす月曜以外の日に、ナルトを抜《ぬ》けがけしてみることはしません」というおごそかな誓《ちか》いを立てた。わたしはすぐにステラに、どっちにしてもうちでは日本のアニメをみることは禁じられているのだと説明した。

「えっ、エリーズのお父さんって、なんだかとってもきびしそう」

「そういうわけじゃないんだけど」

「お母さんは？　お母さんもそんな決まりに賛成なの？　ねえ、ひょっとして、お父さんがいないとき、お母さんとふたりでこっそり日本のアニメをみてるとか？」

ステラはそう言いながらひじでわたしをつつき、眉毛《まゆげ》をピクピク上下に動かした。眉毛《まゆげ》をピクピクさせるのは、彼女《かのじょ》のクセだった。わたしはその質問を無視《むし》した。

気まずい沈黙《ちんもく》を打ちやぶろうとしたのだろう、ステラが「ああ、もうむり、待てない、いますぐサスケに会わないと！」と言いながら身もだえした。そしてノートパソコンを机《つくえ》の上に置き、モニターの正面に椅子《いす》をふたつならべると、アニメの再生ボタンをクリックした。

いつものように、ナルトを三話続けてみた。そして初めてステラの家に来たときからこれまたいつものように、ステラのお母さんが三話目の終わりにおやつを持って部屋に入ってきた。

「ありがと、ママ！」

初めての月曜からずっと、わたしはステラがこう口にするたびにいやな気持ちになっていた。ステラはいつも軽い調子で言った——ありがと、ママ……。

ステラのお母さんは美人だ。髪《かみ》は娘《むすめ》とおなじ金髪《きんぱつ》で、〝お母さんメイク〟というか、ママというものはいつまでもすべすべの肌《はだ》の持ち主なのだと思わせるようなあの独特のメイクをしていた。目はキラキラかがやいていて、その瞳《ひとみ》は、安らかでささやかなよろこび、つまり娘《むすめ》とその友だちにおやつを運ぶお母さんのおだやかなよろこびにあふれている。ステラのお母さんは香水もつけていた。ほのかにバニラのにおいがする香水。くらくらさせるような強いにおいではない。鼻孔《びこう》をやさしくなでていくような、たとえその場を離《はな》れても、「お母さんはここからいなくなるけれど、となりの部屋から見守ってますよ……」という安心のメッセージを伝えてくるようなにおい。わたしのママの香水はどんなだっけ？ママがわたしのそばを離《はな》れるとき、それはどんなメッセージを残していったっけ？

きょうの午後、ステラのお母さんのナタリアさんは、ホットココアの入ったカップをふたつ持って部屋に入ってきた。そしてそれを、パソコンのそばの四角い小さなトレイに置いた。

ステラとわたしはそれぞれタルティーヌを、つまり薄《うす》くスライスしたブリオッシュパンにバターとジャムを塗《ぬ》ったものを手にしていた。先週遊びに来たときナタリアさんに、いちばん好きなジャムはなにかとたずねられ、わたしはイチゴだと答えた。というわけで、今週わたしがもらったのは、イチゴジャムのタルティーヌだった。

「ありがと、ママ！」ステラが機械的にまたこの言葉を口にした。

〝ありがと、ママ〟ね、はいはい……。わたしはステラのお母さんの目をみてお礼を言った。

「ありがとうございます、ナタリアさん」

品のいいほほえみが返ってきた。それは自分の娘《むすめ》の友だちに投げかける、かすかに愛情のこもった品のいいほほえみだった……。

ただその日は、これまでにないできごとが起こった。これまで六回ステラの家におじゃましたときにはなかったできごとが。

ステラのお母さんのナタリアさんは、「じゃ、今週分の最後のもう一話を楽しんでね！」と言った。その言葉は、わたしたちふたりに投げかけられていた。

けれどもそのあと、ステラの頭にキスをした。

ステラの頭にだけキスをした。

それから部屋を出ていった。

あのキス。ステラにだけしたあのキス。髪《かみ》の毛にした、よくある、どうってことのないささやかなキス。やさしさをあらわすこのしぐさに深い意味はない。それなのにそれはすべてを物語っていて、そしてわたしは大地をゆるがすほどの激《はげ》しさで、胸《むね》をどんとつかれたような気がした。

突然《とつぜん》、わたしはママがいない子になった。捨《す》てられた子になった。あのキスでわたしは、満たされていない、迷子の小さなみなしごになった。甘《あま》やかされた女の子の友だちになった。

もうステラの家にはいられなかった。

「帰らなきゃ」

わたしがそう告げたとき、ステラはちょうどタルティーヌにかぶりついていた。だから、口をいっぱいにしてたずねることになった。

「四話目、みないの？」

「みない。帰らなきゃ」

ステラはまず、口のなかのものをのみこまなければならなかった。彼女《かのじょ》がくちびるをぬぐっているあいだ、わたしはすでにコートを着て、部屋のドアの取っ手をまわしていた。

ステラがたずねた。

「だいじょうぶ？　あたしたち、まだ友だちだよね？　まだナルトのこと、好きだよね？」

ステラの口と目が、久しぶりに〝あ〟のかたちになった。わたしはいまでは知っていた。ステラのそんな表情の裏側《うらがわ》には、悲しみが隠《かく》されていることを。

ステラにこう言ってやりたくなった——もう会うのをよそう。〈ナルト〉なんて、だいっきらい。あなたのせいで、イチゴジャムの味がしなくなった。そこにぶらさがってるボクシンググローブをはめて、いますぐあなたに右フックをおみまいしてやりたいくらい。

わたしたちはね、いちども友だちなんかじゃなかった。あなたの友だちはね、この先ずっとプラスチックのポニーだけだよ。

けれどもそれは筋《すじ》ちがいで、そんなことを言うのはステラにとってあんまりな仕打ちだった。

「知ってるでしょ、あたしもサスケが好き」わたしは、ステラといっしょにこっそり悪さをしているみたいな口調で答えた。

そしてウインクした。タマネギのタルトをつくっているパパにむりして投げかけるような、ぎこちないウインクだった。

ステラは笑った。そしてわたしを抱《だ》きしめた。ステラの熱烈《ねつれつ》な反応に、わたしはちょっとまごついた。

「もう……もう、帰らなきゃ」

「じゃあ、また明日ね、エリーズ！」

ステラの家を出ようとすると、ナタリアさんに呼《よ》びとめられた。

「エリーズ、帰っちゃうの？」

「はい……」

ちらりと外をみると、灰色《はいいろ》の雲が広がって空がどんよりくもっていた。

「なんだかくもってきたみたいで。雨に降《ふ》られたら困《こま》るから」

わたしの声がふるえていることを、のどに悲しみの怒《いか》りがつかえていることをナタリアさんに悟《さと》られないように、わたしはせいいっぱいがんばった。

「そうよね。あっ、ちょっと待って！」

ナタリアさんは玄関口《げんかんぐち》にわたしをちょっとのあいだ待たせると、またすぐに戻《もど》ってきた。

「ほら、これ。もうひとつ、イチゴジャムのタルティーヌを持っていってちょうだい。じゃあ、また来週の月曜にね」

わたしはアルミホイルにつつまれたタルティーヌを受けとると、自分の家までできるだけ早足で帰った。

もちろん、家の外に出たとたん、空が盛大《せいだい》に泣きだした。

わたしは雨に降《ふ》られた。

9 足りないピース

帰り道のことはほとんどおぼえていない。

怒《いか》り、ねたみ、悲しみ、はずかしさ……。

そうした感情が胸《むね》にわき、家に着くまでのあいだ、目が覚めているのに夢をみているみたいな感じだった。

前に進めとわたしに命令していたのはただひとつ、カクレクマノミと彼《かれ》らが泳ぐバラバラになった海のジグソーパズルが入った箱だった。わたしにはあれが必要だった。あれと再会しなければならなかった、一刻《いっこく》も早く。

二十分後、わたしは箱の前にいた。

箱はそこにあった。いつものように、壁《かべ》に取りつけた小さな棚《たな》のまんなかに置いてあった。

がらんとしたわたしの部屋のなかで、箱はわたしを待っていた。

わたしは箱を手に取ると、机《つくえ》の上に一〇〇個のバラバラのピースを広げた。
厚紙のピースの手ざわりと、図柄《ずがら》のやわらかな色彩《しきさい》が、たちまち効果を発揮《はっき》した。おかげでわたしは考えることができるようになった。落ち着いて考えることが、起こったできごとに意味をあたえることができるようになった。わたしはピースを組みあわせた。手もとをたしかめものの数分で、一匹《ぴき》目のカクレクマノミが机《つくえ》の上に姿《すがた》をあらわした。そうするのがごくあたりまえと言うように……。

ステラには権利《けんり》があった。「ママ、ありがと」と言う権利《けんり》があった。そうする必要もなかった……。

続いて、二匹《ひき》目。
ナタリアさんには権利《けんり》があった。わたしの好きなジャムでわたしのためにおやつをつくる権利《けんり》が、けれどもそのあと自分の娘《むすめ》にだけキスをする権利《けんり》があった……。

続いて、三匹《びき》目。
あのふたりには権利《けんり》があった。あのような瞬間《しゅんかん》をわかちあう権利《けんり》が、わたしがいないときに楽しく笑う権利《けんり》があった。ステラにはママを持つ権利《けんり》があった。娘《むすめ》が学校でどうしているか心配し、日中のできごとをあれこれきいてくるママ、目の奥《おく》にイキモノがすみついていないママを持つ権利《けんり》が。

続いて、四匹《ひき》目。

わたしにも権利《けんり》があった。新しくできた友だちとこっそり〈ナルト〉をみる権利《けんり》が、そのことをパパに言わない権利《けんり》があった。言ったらパパが傷《きず》つくと知ってるから。

続いて、五匹《ひき》目。

理解できるってことに、生まれたときから自分のものでもあったあの言語を理解できるってことに、わたしは驚《おどろ》いていた。忘《わす》れていないと知って、驚《おどろ》いていた。

ママはわたしを誇《ほこ》りに思ってくれただろうか？　わたしたちがいっしょに話していた言語をわたしがまだ使えることを知って、すごいと思ってくれただろうか？　そもそも、〈ナルト〉をみるのをゆるしてくれただろうか？　パパにたずねるべきなのか？　パパにあれを……あの質問をするべきなのか？　パパにあの質問を……。

ひとつ、かけらが足りない。

そう、ひとつ足りない。かけらというのは、ジグソーパズルのかけらだ、わたしの目の前にあるジグソーパズルの。

机《つくえ》の上では九十九個のピースがすでに組みあがっていたのだけれど、一〇〇個目がみつからない。それがおさまるはずのところに、穴《あな》があいている。

六匹《ぴき》目のカクレクマノミのまんなかに、穴《あな》があいている。

わたしは凍《こお》りついた。わたしの心の一部が欠けてしまったみたいな気がした。だから、パパのいろいろなルールから逃《のが》れたこの部屋で、この悲しい光景をみつめながら、パズルにあいた穴《あな》をみつめながら、わたしは泣いた。パパを、そしてステラをにくんだことを泣いた。ドドノン先生と先生のおかしな課題のせいで泣いた。灰色《はいいろ》の雲と冷たい雨のせいで泣いた。わたしを苦しめるジャムのせいで泣いた。実在しないサスケを思って泣いた。椅《い》子《す》に座《すわ》り、五匹《ひき》のカクレクマノミと、体の一部が欠けている六匹《ぴき》目をみながら泣いた。

にわか雨が過ぎ去り、涙《なみだ》がおさまると、一〇〇個目のピースの捜索《そうさく》に乗りだした。

捜索《そうさく》活動は長くは続かなかった。ピースは机《つくえ》の下にあった。

六匹《ぴき》目のカクレクマノミのおなかの部分にあたるはずのそのピースを拾いあげると、わたしは穴《あな》にはめる前にバカみたいなことをした。まったく意味がないことだけれど、やってみると、すごく心をなぐさめられた。

パズルにあいた穴《あな》に、ピースを失《な》くしてしまった場所に、ほんのちょっぴり涙《なみだ》を入れたのだ。

悲しみのたくわえはすべて流しきっていたから、かんたんではなかった。涙《なみだ》がこぼれ落ちるように、目の下を指でぐっと押《お》すはめになった。自分でもちょっとバカバカしいと思った。

わたしはパズルの図柄《ずがら》のまんなかにできた小さなしょっぱい水たまりをながめると、ついでにもうひとつバカみたいなことをした。指で水たまりを穴《あな》全体に広げたのだ。

それからその穴《あな》を、一〇〇個目のピースでふさいだ。

だめだ、あの質問をパパにしてはいけない。
わたしに、そんな権利《けんり》はない……。

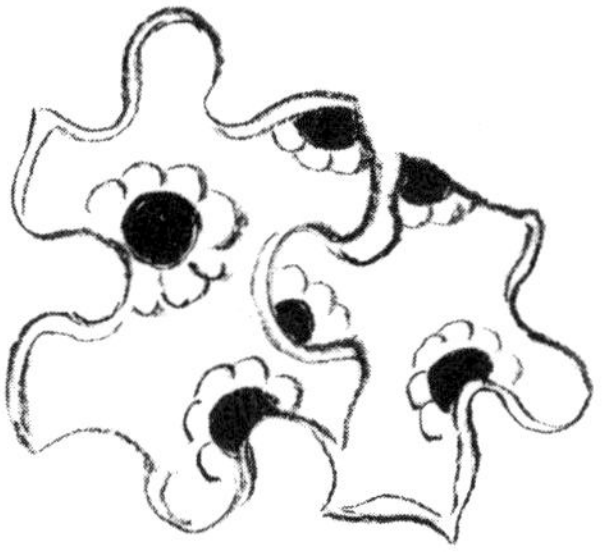

10 電話の向こう側

そのあとの二週間は、いつもとおなじように過ぎた。

パパはタマネギのタルトを四回つくり、わたしたちが歯みがき粉を切らすことはなく、食事どきにはたいていパパがこっちにわざとらしくウィンクしてきて、つくり笑いを浮《う》かべた。

ドドノン先生がこのあいだの美術の課題をみんなに返した。わたしは二〇点満点中一〇点だった。

《エリーズ、あなたの特徴《トレ》はとって《トレ》もとって《トレ》もイケてはいません！　とって《トレ》もとって《トレ》も雑に描《か》かれています。ほんもののアーティストになりたいんだったら、もっとがんばりなさい！》

先生はその言葉を、わたしが作品を描《えが》いた紙に紫色《むらさきいろ》のインクの万年筆で書いていた。最後のびっくりマークの点が花になっていて、泣き顔のニコちゃんマークがついていた。

ステラといっしょの時間がますますふえた。月曜の午後以外にもつるむようになった。

〈ナルト〉をどんどんみるため、ひと晩《ばん》ステラの家に泊《と》まった。パパは外泊《がいはく》をゆるしてくれた。わたしは夜、ステラのお母さんがステラにおやすみのキスをしたとき、もうショックを受けて落ちこんだりしなかった。

朝、ステラがまだ寝《ね》ていたので、わたしは彼女《かのじょ》が目を覚ますのを待つあいだ、部屋の床《ゆか》でポケットサイズのジグソーパズルを組み立てた（タイトルは〈オオハシと滝《たき》〉、ピースの数は八〇）。ステラは目をあけると、わたしのことを「すごすぎる」と言い、ベッドのなかからお日さまにあいさつした。

とまあ、それはわたしの人生のなかで、長くてとくにどうってことのない二週間だったのだ。

そして土曜の夜、電話が鳴った。パパとわたしがいつものようにしんと静まり返ったなか夕食をとっていると、電話の呼《よ》びだし音が鳴りひびいた。わたしたちは驚《おどろ》いてビクッと肩《かた》をふるわせた。

言っておくけれど、それはまったくの不意打ちだった。この家で固定電話が鳴ることは、いまだかつてなかったから。

パパはピアノの調律師《ちょうりつし》として働いていたころの仕事仲間やお客さんのすべてと縁《えん》を切っていたし、むかしの友だち全員とも距離《きょり》を置いていた。つきあいのある親戚《しんせき》もいなかった。

それにパパは近所の食料品店で働いていたのだけれども、夜の八時すぎにいきなり職場から電話がかかってくるなんて、考えられないことだった。さらにパパはママが死んだあと、うちの番号を電話帳にのせないよう電話会社に手続きしていた。自分の怒《いか》りと悲しみが、ものを買わせたり、的《まと》はずれな夢を押《お》しつけたりしようとするセールスの電話にじゃまされてはたまらないとばかりに。

というわけで、パパがびっくりして固まっているあいだにダイニングルームでは、電話の楽しげな呼《よ》びだし音のメロディーが五回続けてひびきわたった。

そして数秒間の静けさのあと、また電話が鳴りはじめた。つまり、だれかが本気でわたしたちと連絡《れんらく》を取ろうとしているらしい……。

「いったいどうすりゃいいんだ？」そうたずねたパパは、ちょっとマヌケにみえた。

パパの声にはまぎれもない不安がにじんでいた。みせかけの不安ではなくて。あのイキモノでも、この電話にはお手あげらしい。パパは心底弱りはて、オロオロしていた。

「ええっと……、とりあえず電話に出てみれば？」

「そっ、そうだね……」

パパは苦労して椅子《いす》から立ちあがった。それから、ふらふらとおぼつかない足取りで電話のところまで行くと、最後に一度わたしのほうをみて、受話器に手をのばした。

その先どうなるのかまったく予測はできなかったのだけれど、わたしは心のどこかでちょっと興奮《こうふん》していた。この思いがけないできごとが、パパとわたしの単調でさびしい白黒の日常をひっくり返してくれるんじゃないかと期待して。だって、なんと言っても、うちに電話がかかってきたのだから！

パパはひとつ大きく息を吐《は》くと、受話器をぎゅっと握《にぎ》った。

そして相手をねじふせようと、自信満々《じしんまんまん》の声をこしらえた。

「もしもし？」

それから急に体をちぢこませた。

悪魔《あくま》かガミガミ鳥が、パパをどなりつけていた。電話の向こう側で、よくわからないだれかが目いっぱいがなっている声がきこえてきた。パパは矢つぎ早に繰《く》りだされる小言にたえ、小さくうめきながらうなずいた。

電話を切ったあとも、パパの手はしばらく受話器の上に置かれたままだった。すっかり打ちのめされていた。パパが記憶《きおく》のブラックホールにほうむり去ろうとしていたものが、宇宙《うちゅう》の果てからやってきた謎《なぞ》の力によって引っぱりだされ、目の前につきつけられたかのようだった。

パパはようやくこちらをふり返って言った。

「あさって、日本からおまえのおばあちゃんがやってくる」

11 ピアノがある部屋

つまりそんなふうにしてソノカおばあちゃんは、わたしたちからなんの連絡《れんらく》ももらえなかった四年を経《へ》て、お宅《たく》に二週間おじゃまさせてもらいます、ときっぱり宣言《せんげん》してきたのだった。

それはすでに決定されたことだった。というか、受話器を通じてパパにどなりつけてきた命令だった。おばあちゃんが二日もしないうちにここに来る。明日の夜、飛行機に乗ることになっている。ここの住所はわかっているから、玄関《げんかん》のドアをたたきつづけるだろう。ドアがあくまで、あるいはドアがこなごなになるまで、ガンガンに。

「で、おばあちゃんはどこで寝《ね》るの？」

わかってる。ずいぶん現実的な疑問《ぎもん》だ。けれども、わたしはまずその点が気になった。だってまさか、高齢《こうれい》の女の人をリビングのソファで寝《ね》かせるわけにはいかないよね？

パパがこの疑問《ぎもん》に対する答えをみつけだすのに、かなり時間がかかった。パパが遠くへ旅立ってしまったような気がしたほどだ。それほどパパの目は、巨大《きょだい》な波にさらわれたようにぼうっとしていた。パパはおぼれた海からようやく戻《もど》ってくると、弱々《よわよわ》しく言った。

「ほかにどうしようもないな」

それからいっそう弱々《よわよわ》しく、ふりしぼった力を最後にもうひとしぼりするみたいにして、葛藤《かっとう》のすえにくだした決断を口にした。

「ピアノが置いてある部屋を使ってもらおう」

押《お》し寄せる波が、パパの悲しみの岩にぶつかってくだけた。わたしはそれに気づかないふりをした。


ピアノがある部屋はうちの一階にあり、広々《ひろびろ》としている。

ママは生きていたころ、毎日その部屋に何時間もこもっていた。

その部屋でママはピアノに触《ふ》れていた。夢をかなえてくれた楽器に。

というのも、ママはアメリカ人プロデューサーなしで成功をつかんだからだ。あっちの小ホールからこっちの小ホールへと演奏《えんそう》してまわり、日本のお客さんからどんどん賞賛を集めるようになった。日本の地方紙には、いままさに花ひらこうとしているママの才能を紹介《しょうかい》する記事がたくさんのった。それらの記事があまりにもママの才能をほめたたえたものだから、小ホールはやがて大ホールに変わり、ママをベタぼめする記事が全国紙にも掲《けい》載《さい》されるようになった。

ママは〝スター〟になったのだ。

ママが京都でパパにしかめっ面をしてからわずか三年で、世界じゅうの人がママの演奏《えんそう》をききながらハッピーな笑みを浮《う》かべるようになった。ニューヨーク、ソウル、メキシコシティ……。わたしが生まれたときにはもう、ママはすでに五つの大陸でお菓子《かし》の浮島《イル・フロッタント》を食べていた。

そして最終的には愛する人といっしょに、ママが生まれた島国から遠いかなたにある、青白赤の三色旗をかかげるこの国に落ち着いた。

演奏《えんそう》ツアーから戻《もど》ってくると、次のツアーに出るまでママはかならずこの部屋で、つまりピアノがあるこの部屋でエネルギーを充電《じゅうでん》した。ママが新しい曲をつくるたびに、この部屋からメロディーが流れでて家じゅうを満たした。ママは世界じゅうの人たちが待ちこがれている次の新曲を、わたしたちが暮《く》らすこの家でつくった。

わたしはそのことが誇《ほこ》らしかった。


ママが生きていたころ、パパはこのピアノがある部屋に小さなダブルベッドを置いた(伝えきくところによると、パパがみずからベッドの枠組《わくぐ》みをつくったとのことだ)。そのおかげでパパは、愛するアーティストの妻が夜おそくまで難曲《なんきょく》を練習しているすぐそばで眠《ねむ》りにつくことができた。

わたしはある夜、そのベッドで三人いっしょに寝《ね》たのをおぼえている。わたしはまだほんとうに小さかった。たぶん、四歳《さい》くらいだっただろうか。あのときの特別な感覚は、まだわたしのなかで息づいている。朝、目が覚めたとき、魔法《まほう》のような雰《ふん》囲気《いき》につつまれていた。あのとき、わたしたち三人の体とまだまどろんでいるピアノのあいだを吹《ふ》き抜《ぬ》けた風のなかには、不思議ななにかがあった。あれはわたしたち三人の愛のセレナーデにちがいない……。

とにかくいま、四年間ドアをぴったり閉《と》じられていたあの部屋をそうじしなければならなくなった。なぜなら、そこにわたしのおばあちゃんが寝泊《ねと》まりすることになったから。なるほど。

この日曜、パパはあの部屋に足を踏《ふ》みいれるのに苦労した。鍵穴《かぎあな》に鍵《かぎ》を差しいれてぐるりとまわし、指先でつんとドアを押《お》しあけたあと、戸口のところにつっ立ったまままっすぐ前をみつめていた。

パパの視線《しせん》は、ピアノの横に置いてある、座《すわ》る人のいない空《から》の椅子《いす》に吸《す》い寄せられていた。

「入ろうか、パパ?」

パパの心に、なにかしらの感情がわきあがったはずだ。そしてそれを心の底に押《お》しもどすのに、手間どったにちがいない。ようやくパパは言った。

「うん」

そしてしぶしぶといった感じで、部屋のなかに一歩足を踏《ふ》みいれた。鉄筋《てっきん》コンクリートのよろいで全身をガードして。

それはもうわたしのパパではなく、家事用ロボットだった。〝小さなダブルベッドのシーツを交換《こうかん》せよ〟という本日のお仕事をこなすためにやってきたロボット。

「ベッドをととのえるぞ」パパは言った。

パパが心のなかで、「よし、ベッドをととのえるぞ、ベッドだ、ベッドをととのえるだけだ」と自分自身に言いきかせる声がきこえてくるようだった。

わたしのほうは掃除機《そうじき》を使って、ママのピアノのまわりで四世代にわたって増殖《ぞうしょく》したもわもわのホコリをつかまえた。そうしながら、この部屋がわたしの記憶《きおく》とどれほどちがっているか、この部屋がどれほど……がらんとしているかに気づかされた。部屋のあるじだったママはお墓に入れられ（そもそもの話だけれど、ママはほんとうにお墓に入れられたんだよね？）、ママの楽譜《がくふ》とCDは庭の死にかけの桜の木の根もとに捨《す》てられてしまっていたから、ピアノがある部屋にもうむかしの面影《おもかげ》はなかった。閉《し》めきったカビくさいにおいのする冷たくて灰色《はいいろ》の部屋、死の待合室でしかなかった。もうそこで生みだされるものはなにもなく、すべてがボロボロにくずれて失われていくだけの部屋だった。

わたしは三分でもわもわのホコリを掃除機《そうじき》で吸《す》いこんだ。パパも三分でベッドメイキングを終えた。パパはそのあとカーテンを引き、窓《まど》をあけた。部屋がぱっと明るくなり、お日さまが遠くからその光でピアノをなでた。

とてもきれいな光景だった。ずっと前にママがみせてくれた映画《えいが》のなかにいるような。

この光は、ママが窓《まど》の向こうからわたしに送ってきたなにかのサインなのだろうか？

あれほど大切にしていたピアノを、幽霊《ゆうれい》になったママが弾《ひ》きに来たんだろうか？ パパとわたしがこの部屋にふたりでいるのをみて、わたしたちのためにピアノを弾《ひ》いてあげようと思ったんだろうか？

そんな疑問《ぎもん》にとらわれていたわたしが現実に引きもどされたのは、ピアノのほうに歩いていくパパの姿《すがた》が目に入ったからだ。

パパは、鍵盤《けんばん》を守っている漆《うるし》ぬりの小さなカバーをいきなりガバッとあけた。そして歯を食いしばり、一瞬《いっしゅん》身動きを止めると……白と黒の鍵盤《けんばん》に左右のこぶしを激《はげ》しく打ちつけた。

部屋じゅうにおそろしい音がひびきわたった。絶叫《ぜっきょう》のような音だった。

パパは鍵盤《けんばん》の上にふたつのこぶしを置いたまま、彫像《ちょうぞう》みたいに固まっていた。消し去りたい存在《そんざい》の心臓《しんぞう》に両手でトドメを刺《さ》そうとするかのように、こぶしをピアノの奥深《おくふか》くにまでぎりぎり押《お》しこみながら。

ピアノの音の残響《ざんきょう》が消えると、パパはたたきつけるように言った。

「ピアノの音がくるってる」

もちろん、ピアノの音はくるっていた。だってピアノはきまぐれな楽器だから。暑さ、乾燥《かんそう》、増殖《ぞうしょく》するもわもわのホコリにさらされ、しかも愛情をかけてもらえないとなると、音がおかしくなって当然だ……。

「これは売るべきだよな、どう思う、エリーズ？　この種のガラクタは、けっこうなお金になるんだよ」

わたしは衝撃《しょうげき》を受けた。おなかをパンチされたみたいな気がした。いや、おなかと頭の両方をガツンとやられたみたいな……。

イキモノがパパを通して話していた。そしてわたしは、イキモノにこんなひどいことを言う権利《けんり》はない、と思った。パパとママが出会ったきっかけになったものを、わたしたちからイキモノがうばう権利《けんり》はない。イキモノになにもかも壊《こわ》す権利《けんり》はない。わたしはイキモノに立ち向かわなければならない。パパとつながる方法をみつけなければならない。よろいをつらぬいてパパまでとどく言葉をみいださなければならない……。

奇妙《きみょう》なことだけど、ふと、歯みがき粉が頭に浮《う》かんだ。それでひらめいた。たぶん、パパの言ったことを逆手《さかて》にとればいい……。

わたしは驚《おどろ》いたふりをした。

「でも、うちには足りないものなんてないよね。ねえ、パパ、お……お金が足りないわけじゃないよね？」

わたしはわざと声をふるわせ、不安で涙《なみだ》ぐむような表情をつくった。

パパはわたしを愛していた。それはゆるぎのない真実でありつづけていて、その愛がいまでもまだイキモノに抵抗《ていこう》していた。なんであれ、なにかが足りないとわたしが感じるのはパパにとってつらすぎることで、わたしはそれがあのヘビのような邪悪《じゃあく》なイキモノに対する切り札だと知っていた。この作戦は絶対うまくいくはずだ……。

そしてねらいどおり、うまくいった。

パパはいっときためらったあと、こう答えた。

「まっ……まさか。心配することはない。いまのは、いまのは……ほんの冗談《じょうだん》だ。おまえも知ってるだろ、うちには足りないものなんてない」

パパはわたしにウィンクをすると、わたしのほっぺたにひんやりとしたキスをした。そして部屋を出る前、いつものようにわざとらしくはしゃいで言った。

「ああ、タマネギのタルトが食べたいなあ」

パパはそそくさとキッチンに向かい、わたしは自分の部屋に引っこんだ。

12 ステラのノ、リ、で

月曜の日中、わたしはいまだかつて経験したことのないドキドキに胸《むね》をふるわせていた。なにしろ夕方、ソノカおばあちゃんが到着《とうちゃく》するのだ。すべてが順調に進めば、六時半ごろ、タクシーがおばあちゃんをうちの前に降《お》ろすことになる……。

なかなか授業に集中できなかった。ドドノン先生のめちゃくちゃな話や先生の芝居《しばい》がかったふるまいでさえも、わたしの日本人のおばあちゃんがもうすぐやってくるという事実にくらべると、味気なくてつまらないものに思われた。いつもはするりとひとりでにできあがってしまうジグソーパズルでさえも、わたしの頭のなかのスペースを占領《せんりょう》しているあれらのパズルでさえも、心に浮《う》かぶおばあちゃんのイメージを追い払《はら》うことはできなかった。おばあちゃんに、つまりママのお母さんに最後に会ったのはいつだっけ？　五年前？　それとも六年前？

おばあちゃんがうちに来ることで、パパのよろいを打ちやぶり、パパを支配しているあのイキモノを追い払《はら》うなにかがもたらされるのではないかという予感があった（いや、予感じゃなくて、願望かな?)。わたしは、おばあちゃんがなんの気なしにあの質問に答えてくれたらいいなと思っていた。こちらからたずねるまでもなく。わたしが〈ルールその一〉を破るまでもなく。コーヒーでも飲みながら、会話の流れで自然に答えてくれたらいいな、と。

いつだって、あれこれ願う権利《けんり》はあるよね?

ステラはわたしが心ここにあらずのようすでいることに、そしていつにも増してひっそり静かなことに気がついた。

十時の休み時間に、ステラが声をかけてきた。

「なんかさ、考えごとしてるよね?」

それから、「ひひひ」と笑った。

「ねっ、ねっ、男の子のことでしょ。だれか気になってる子がいるんでしょ? この学校に好きな男子がいるのに、あたしに黙《だま》ってるなんて、水くさいなあ!」

それからまた笑った。そして今度は、「ほれ、ほれ」と大げさにせかした。

「その子って、ひょっとしてサスケに似てる?」

ステラはくちびるをすぼめ、「こら、こら、隠《かく》しごとはいけませんよ」とでも言うように人差し指を前後にふった。

なんだかちょっぴりいやらしくて、と同時に子どもっぽかった。

そんなステラを、わたしはかわいいと思った。

「ねっ、ねっ、だれ、だれ？」ステラはその場でぴょんぴょんとびはねながら、「教えて、教えてよー」と語尾《ごび》をのばし、口を〝お〟の字にして懇願《こんがん》した。

「わたしが考えてるのは……、お、おばあちゃんのことだよ」わたしはステラの反応に、本気でとまどっていた。

ステラのぴょんぴょんとびがやんだ。口と目が顔のまんなかに集まって、〝W〟みたいになった。ぎゅっとちぢこまったような〝W〟に。わたしの答えをきいて、背中《せなか》に冷たい水をひっかけられたみたいにびっくりしたのだろう。

「わたしのお母さんのお母さんが、日本からやってくるんだ。で、ピアノがある部屋に二週間泊《と》まることになってるの。おばあちゃんのことはもうよくおぼえてないんだよね。ずっと会ってなかったから。なんだか不思議な感じがする。これから家でまた日本語を話さなきゃならなくなるし、それに、パパがいままでは日本語をきらってることを、おばあちゃんに気づかれるかもしれないし」

わたしは自分自身の言葉に驚《おどろ》いた。自分の口からまさか、このような言葉がドバッと飛びだしてくるとは思わなかった。食事どきに使う言語をめぐって、おばあちゃんとパパのあいだでバトルが発生するんじゃないかと心配しているつもりなんかなかった。それに、自分の心の中身をステラに話すのは想定外だった。そのうえおまけに、左の目から涙《なみだ》の小さな粒《つぶ》がふたつ、つつっと転がり落ちるなんてことはまったくもって想定外で、ほんとにまさかまさかのことだった！

ステラは、顔をゆがめたりしなかった。目や口でなにかの文字がかたちづくられることはなかった。

わたしは逆にとまどった。

ステラの頭のなかにはたくさんの質問がうずまいていたはずだ。根っからの知りたがりだから、知りたくて知りたくてうずうずしていたはずだ。わたしにもっとしゃべらせるため、わたしの謎《なぞ》にせまるため、こんなふうに根掘《ねほ》り葉掘《はほ》りたずねることだってできたはずだ。

「でもさ、なんで泣くの？　ってことは、じつはエリーズは日本人ってこと？　半分日本人ってこと？　やっぱりね！　だと思った、やっぱりね！　で、なんでエリーズのお父さんは日本語が好きじゃないの？　なんで最初の日にあたしにウソついたの？　お母さんはずっと日本にいるの？」

けれども、質問の嵐《あらし》は巻《ま》きおこらなかった。質問するかわりにステラはこっちに飛びついてきて、わたしを両腕《りょううで》で抱《だ》きしめた。

そして、わたしがどうしても必要としていた言葉を耳もとでささやいた。

「だいじょうぶ、うまくいくって。エリーズならだいじょうぶ、ちゃんとうまくやれるよ」

それから、わたしの顔を流れ落ちる涙《なみだ》にさっとさりげなく人差し指をそわせ、そのぬれた指で自分のほっぺたに短く線を引いた。「あなたの悲しみは、あたしの悲しみ」とでも言うように。

わたしは胸《むね》がじんとした。

それからは快調だった。授業に集中できたし、ステラのちょっと寒いジョークやいたずらに笑い声をあげさえした。放課後はふたりで〈ナルト〉を四話分みた。もちろん途中《とちゅう》でいつもとおなじように、イチゴジャムを塗《ぬ》ったナタリアさんのふた切れのタルティーヌと、娘《むすめ》への愛がこもったささやかなキスがはさみこまれた。四話目が終わり、ステラといっしょに〈ナルト〉の〝おさらい会〟をしたあと、ステラの家を出た。

家に着いたとき、五時半だった。パパはすでに帰宅《きたく》していた。

パパも落ち着かないようすで、そわそわ歩きまわっていた。けれどもやがてソファに腰《こし》をおろし、枯《か》れかけている桜の木と、その根もとに隠《かく》されているふたつのお墓を窓《まど》ごしにみつめた。そして、顔に不自然なほほえみを貼《は》りつけてこっちをみた。パパは自覚してるんだろうか？　パパがもう、なにに対しても無感動だということにわたしが気づいているのを。この四年のあいだパパも半分死んでいることをわたしが感じとっているのを。

わたしはその場の空気をやわらげようと、ステラのノリでたずねた。「ねえ、ねえ、職場でだれか気になってる女の人がいるんでしょ？　その人って、ひょっとして、ソノカおばあちゃんに似てる？」

そしてパパが返事をする前に、わたしはソファに座《すわ》っているパパの顔の高さにまで体をかがめて励《はげ》ますように言った。

「だいじょうぶ、うまくいくって。パパならだいじょうぶ、ちゃんとうまくやれるよ」

一時間後、パパがキッチンでズッキーニを切り、わたしが自分の部屋の机《つくえ》にジグソーパズル〈恐竜《きょうりゅう》との遭遇《そうぐう》〉の五〇〇個のピースを広げていると、玄関《げんかん》のドアをたたく音がした。

ドアの向こうに、おばあちゃんが立っていた。

13 ソノカおばあちゃん

おばあちゃんはすぐに、わたしのパパがもう以前とはちがうことに気がついた。

そのいっぽうで、うちに乗りこんできたとき、おばあちゃんはその両腕《りょううで》にパパへの怒《いか》りを山ほどかかえていた。

というわけで、玄関《げんかん》のドアがあくとすぐに、「こんにちは」も「お久しぶり」のあいさつもなくいきなりパパをどなりつけ、持っていた傘《かさ》でパシパシたたいた。

おばあちゃんは、猛烈《もうれつ》ないきおいでうらみつらみを長々《ながなが》とまくしたてた（フランス語を話せないから、もちろん日本語で）。

「こんなの、あんまりですよ、この四年間、京都に来ることもなく、なしのつぶてで、わたしは親族じゃないんですか、ええっ、どうなんです？　こんな大変な試練のときは、みんなで支えあうものでしょうに、夫に先立たれた年老いた女が日本でひとりで暮《く》らすことがどんなに孤独《こどく》か、あなた、一度でも考えたことがあるの？」

おばあちゃんはたぶん、こんな具合にそのままずっとお小言を浴びせつづけることができただろう。かかえている怒《いか》りの半分を吐《は》きだすのに、まるまる一週間はかかったんじゃないかと思う。けれどもおばあちゃんは、そうやってとめどなく文句をぶつけている最中に、義理の息子のようすが以前とはちがうことに気がついた。そしてハッと口をつぐみ、パパの目をまっすぐのぞきこみ、そして……、イキモノがつくりだしていたよろいに真正面からぶつかった。

当然そうなる。

パパの目をまともにまっすぐのぞきこんだら、当然、はがねのよろいに激突《げきとつ》する。バン！

おばあちゃんは衝撃《しょうげき》でくらくらし、ノックアウトされた。でもすぐに立ち直り、こめかみをそっともんで態度をほんの少しだけやわらげた。

そして、もごもごつぶやいた。

「責めるつもりはありませんよ、もちろんみんなにとって大変だったし、あなたもいっぱいいいっぱいだったんでしょうよ、でもね、でもそれでも、悲しみをわかちあい、ただちょっとおしゃべりするために電話ぐらいかけられたんじゃないんですか……」

それからおばあちゃんは、巨大《きょだい》で分厚いはがねのよろいをさけようと、この家のもうひとりの住人に顔を向けた。そして今度は、わたしがママに衝撃的《しょうげきてき》なまでに似ていることに衝撃《しょうげき》を受けた。ガン！

またもやノックアウト。まずい、これで二度目だ。威勢《いせい》はいいけれど、おばあちゃんは一応お年寄りだ。これからは注意しなくっちゃ……。

おばあちゃんは言った。

「信じられない、驚《おどろ》くほど似てる、それにどっちもおなじくらい美人、やだ、どうしましょう、混乱《こんらん》する、それに悲しい、だって……」

そこまで言うと、おばあちゃんは泣きだしてしまった！　うちの玄関《げんかん》で、傘《かさ》を手に持ち、後ろに超特大《ちょうとくだい》サイズのスーツケースを置いたまま。

わたしは、これはよくないサインかも、と不安になった。

それはまず、うちでは絶対に悲しみをおもてに出さないからだ（泣きたいときには、タマネギのタルトやイチゴジャムを言いわけにしている）。それにもうひとつ、わたしはおばあちゃんがどれほどおしゃべりかすっかり忘《わす》れていたのだけれど、このおばあちゃんの口数の多さが、足りないもののないわたしのうちにさっそく騒動《そうどう》をもたらしたからだ。

おばあちゃんがぴたりと泣きやんだのは、わたしたちの後ろにあるガラス戸の向こうに死にかけの桜の木を目にしたときだった。夕暮《ゆうぐ》れの最後のとりわけ陰気《いんき》な光を浴びながら、桜の木は目をそむけたくなるようなあわれな姿《すがた》をさらしていた。あとはカラスとゾンビがいれば、来年のハロウィーンの準備はばっちりだった。

おばあちゃんは決然とした足どりでリビングを横切り、傘《かさ》とコートをソファの上にポイとぞんざいに投げ捨《す》てた。そして両手でガラス戸を引きあけて庭に出ると、桜の木の前に立った。それから左手を口にあてて、じわじわゆっくりパパをふり返った。恐怖《きょうふ》と驚愕《きょうがく》の表情を浮《う》かべながら。

それからパパに、わたしがすでに知っていた真実をたたきつけるように言った。

「コレハ　スミレノ　オキニイリノキ　ダッタノヨ！」[*1]

おばあちゃんの声には非難《ひなん》のひびきがあった。でもなにより、「どういうことなのか、まるでさっぱりわからない」という気持ちが強く感じられた。そしてその〝わからない〟という感情は、パパがこう返事をしたとき頂点《ちょうてん》に達した。

「はい、そうです。で、その木はじきに死にます。しかたないですね」

おばあちゃんは言葉を失い、あ然とした。死にかけている木と、心が壊《こわ》れた義理の息子を前にして、あ然とした。

わたしはたぶん、はずかしく思うべきだったのだ。たぶん、ママが死んでからわたしたちがどんな暮《く》らしを送っていたか、おばあちゃんに説明しなければならなかったのだ。たぶん、死にかけている木をみながら、あの場でいきなりあの質問をするべきだったのだ……。

でもそうするかわりに、わたしは心のなかでにっこりほほえむことになった。奇跡《きせき》のようなことが起こったことに気づいたから。

パパは意識していなかったけれど、わたしのほうは気がついた。パパがおばあちゃんに日本語で答えたことに。

パパはまだ、日本語を話すことができた。

この暗闇《くらやみ》につつまれた空の下で、パパはわたしに、ママの国の言葉を消し去ってはいなかったことを示した。

わたしの心に、ほんの小さなお日さまがのぼった。

その晩《ばん》ずっと、おばあちゃんはくどくど繰《く》り返した。

「この家を清めなくっちゃ」

部屋のすみずみにいちいちさっと目を走らせながら、おばあちゃんはこのおなじ言葉をぶつぶつ言いつづけた。

パパは無視《むし》して、わたしもきき流した。おばあちゃんがなにを言っているのか、さっぱりわからなかったから。

わたしたちは三人とも気まずい雰囲気《ふんいき》で食事をとった。食べているあいだ、おばあちゃんにいろいろ質問したかったけれど、おばあちゃんに話しかけるために日本語を使っていいのかわからなかった。というわけで、夕食のあいだじゅう、わたしはずっとそわそわしていた。

それでも自分の皿が空《から》になると、勇気をかき集め、プールの温度をたしかめようと足先だけそっと水につけるみたいにして、おっかなびっくりパパに言ってみた。

「オイシカッタ、パパ」

「オイシカッタ」は日本語で、「すばらしい食事でした」という意味だ。

沈黙《ちんもく》……。おばあちゃんはつまようじで歯をそうじするふりをしながら、義理の息子の反応をうかがっていた。

パパは自分の空《から》の皿に目を落としながら、うわずった声でつぶやいた――アリガトウ。

なんでもないことのように思えるかもしれないけれど、それだけで大きな勝利だった。

だって、おばあちゃんの前で日本語を話すことがゆるされたのだから。

わたしの心のなかのお日さまが、ほんの少しかがやきを増した。わたしはベッドに入るために、自分の部屋に引きあげた。

＊1　おばあちゃんは日本語で「これはわたしの娘《むすめ》が大好きだった木だ」と言ったのだけれど、それはほんとうだった。ママは庭に日本の桜の木を植えるよう頼《たの》んだ。そうすればフランスにあるこの家でも、自分が生まれた国のかけらを持てるから。春になって陽気がよくなるとすぐに、ママが桜の木に、わたしたちのために桜の木の下でピクニックをひらいてくれたのをおぼえている。ママが桜の木に、

ピクニックにつきあってくれてありがとうと感謝していたのも。それからママはわたしに、木にハグするよう言った。そうすれば、ぐんぐん大きくなるための力がもらえるらしい。わたしが両腕《りょううで》を広げて木に抱《だ》きついていると、ママが後ろからわたしを抱《だ》きしめてくれた。そうやってわたしたちはよく、食事の最後にサンドイッチになった。ママとわたしと桜の木で。

14 家を清める方法

次の日、わたしが中学校に行くため家を出ようとすると、ピアノがある部屋からおばあちゃんが飛んできた。サテンのガウンをはおっていたおばあちゃんは貴婦人《きふじん》みたいで、六十六歳《さい》にはみえなかった。

玄関《げんかん》まで来たおばあちゃんは、わたしの手首をつかんで言った。

「この家を清めなくっちゃ」

おばあちゃんの言いたいことはあいかわらず意味不明だったので、わたしはさすがにうんざりしはじめていた。これじゃ、まるで壊《こわ》れたCDだ。なにしろおばあちゃんは、きのうもおんなじ言葉を何千回と繰《く》り返していたのだから。

でもその日の朝、壊《こわ》れたCDみたいだったおばあちゃんがべつのことを言いはじめた。

「スーパーでくだものと野菜を買ってこようと思うの。だってもう、タマネギしかないんですからね。ところで、この家にマッチはある？」

白状するとそのとき、〝家を清める〟というのは〝家を燃やす〟という意味なのかな、と思った。そういう日本の伝統があって、わたしが忘《わす》れてしまっただけなのかな、と。

おばあちゃんが火遊び好きという記憶《きおく》はなかったから、マッチが買える場所を教えてあげた。そしてきちんとお手伝いをもうしでた。

「おばあちゃん、わたしが学校から帰ってくるのを待っててくれたら、買いものにつきあうよ。そうすれば、わたしが通訳《つうやく》できる……。このあたりに日本語を話せる人はいないから……」

「それまで待つなんて、とんでもない！　こっちは急いでいるんですよ！」おばあちゃんは大声を張りあげた。

わたしも急いでいた。このままでは遅刻《ちこく》だ。ふたりとも急いでいるのだから、ここはさっさと会話を切りあげたほうがいい。わたしは、「じゃあ、行ってきます」とあいさつして家を出た。

玄関《げんかん》のドアを出るとすぐに、またまたおばあちゃんにつかまった。

「ねえ、エリーズ」

「ん？」

「わたしが寝《ね》ている部屋にある、あなたのお母さんのピアノなんだけど……」

「ん？」

「音がくるってるわ。音程がおかしいのよ。お父さんはいつ直すつもりなの？」

わたしは「ごめん、急いでるんだ」と返事して、中学校がある方角へ逃《に》げるように駆《か》けだした。

昼食の時間。

学食の小さなテーブルにステラと向きあって座《すわ》り、サスケについて語りあっていたわたしは、デザートのブドウに目を落としながらたずねた。

「ねえ、ステラ、〝家を清める〟ってどういう意味か知ってる？　うちのおばあちゃんがね、わたしの家を清めなくっちゃって、ずーっと言いつづけてるの」

いつものようにステラは、わたしに意見を求められてよろこんだ。すっかり舞《ま》いあがり、椅子《いす》の上でそわそわ体を動かしながら、猛烈《もうれつ》な早口でもっともらしく説明した。

「ああ、それね！　もちろん、知ってるよ！　あははは、うん！　清めるっていうのはね、悪を消滅《しょうめつ》させるってこと！　邪悪《じゃあく》な波動を追い払《はら》うっていうか、霊《れい》たちをおとなしくさせるっていうか。左の肩《かた》ごしに塩をまくとか、あんなやつだよ。だって、ほら、黒猫《くろねこ》とか、われた鏡とか、縁起《えんぎ》悪いでしょ。清めるっていうのはね、言うなればさ、われた鏡のかけらを黒猫《くろねこ》の背中《せなか》に貼《は》っつけるようなものなんだ！　ものごとを仕切り直すって言えばいいのかな！　あははは！　あたしもね、よくね、清めてるんだ、あたしの……、うわ、熱っ！」

熱々《あつあつ》のラザニアを口に入れたせいで、ステラの熱弁がとぎれた。

そのあと、オノマトペをふんだんにおりまぜたせわしないスピーチの第二部が始まったのだけれど、ステラは少し落ち着きを取りもどした。とはいえ、言葉にはあいかわらず熱がこもっていた。スピーチは長々《ながなが》と続き、そしてステラの場合いつもそうなるように、今回も少しばかり〝やりすぎ〟だった。それでも少なくとも心をこめて、生き生きとちゃんと説明してくれた。

ステラの興奮《こうふん》状態は、彼女《かのじょ》がわたしに自分の空《から》のグラスを指さして、「ついでくれる?」と頼《たの》んだのをきっかけにおさまった。わたしは冷たい水をグラスにそそぎ、ステラはそのめぐみの水を一気に飲んだのだけれど、そのとき、じょぼじょぼ水をこぼしてしまい、そのようすはなんだかとっても見苦しかった。

ステラは落ち着いた口調でしめくくった(とはいえ、のどを鳴らして水を飲んだあとに)。

「エリーズのおばあちゃんが家を清めたいって思うのは、たぶん、家のなかに悲しいエネルギーが満ちてるのを感じてるからだよ。だからエネルギーから悲しみを取りのぞく必要がある。家を清めるっていうのはね、その場所にいる幽霊《ゆうれい》たちをなぐさめて、〝親愛なる幽霊《ゆうれい》のみなさま、心安らかに出ていってくださってもだいじょうぶです。ドアはあいてますよ!〟って呼《よ》びかけるためのものなんだ。これって、じつはものすごく前向きなことだって思うけどね」

わたしは数秒のあいだ考えた。ステラはもしかして、こっちが思っている以上に、わたしやわたしのママのことをよく知ってるんだろうか？　わたしのパパを乗っとり、ピアノの音をくるわせたままにしているあのイキモノに気づいてるんだろうか？

「エリーズは、自分の家に薄暗《うすぐら》いエネルギーが満ちてるって思ってるの？　ってか、このラザニア、めっちゃおいしいんですけど」

ステラは、質問に答えないという選択《せんたく》をわたしにあたえるために、わざとラザニアの話をしたんだと思う。

というわけで、わたしにはふたつの選択肢《せんたくし》があった。わたしの家に満ちているエネルギーについて話すか、学食のラザニアについて話すか。

ちょっと考えてから、わたしはラザニアのことはわきに置き、ごくかんたんな事実だけを告げた。

「パパはママが死んでから、ママをにくんでるような気がするの……。サスケがお兄さんにいだいてるのとおなじようなにくしみを」

ステラは首をくいっと横にかしげた。そして真剣《しんけん》そのものの目でわたしをまっすぐみつめると、こうまとめた。

「なら、エリーズのおばあちゃんが家を清めるのはいいことだと思うよ。だって、サスケが大蛇丸《オロチまる》に乗っとられたあとどうなったか、知ってるでしょ。あれはヤバかった」

わたしはサスケが大蛇丸《オロチまる》に乗っとられることになるなんて、さっぱり知らなかった。だからステラはわたしに、壮大《そうだい》なネタばらしをしたことになる。腹《はら》が立ってもおかしくなかったのだろうけれど、不思議なことにわたしは気分がよくなった。パパの目のなかに入りこんだものに、だれかが初めて名前をつけてくれたから。

パパはナルトの究極の敵《てき》、大蛇丸《オロチまる》に乗っとられたのだ……。そんなふうに考えると、この四年のあいだにわたしの家で起こったいろいろなことにちゃんと説明がつく。わたしは、例のイキモノを大蛇丸《オロチまる》になぞらえるこのやり方が気に入った。

悪さをしていたのが大蛇丸《オロチまる》だとわかって、びっくりするくらい心が軽くなった。おばあちゃんがおそらく、家を清めることで大蛇丸《オロチまる》を追い払《はら》ってくれるのではないか。そんな予感がして、ものごとが変わるんじゃないかという希望が生まれた。

そのあと午後はずっと、学食のラザニアのことを思い返していた。だって、ほんとうにおいしかったから。

15 小鉢《こばち》にもりつけられたミカン

家に帰ると、お香のにおいがたちこめていた。それも強烈《きょうれつ》に。

あまりにも強烈《きょうれつ》だったので、家の前の通りに入った瞬間《しゅんかん》からそのにおいに気がついた。玄関《げんかん》のドアの下のすきまから、灰色《はいいろ》の煙《けむり》がもくもく流れでていた。ドアをあけると、一面が灰色《はいいろ》だった。うずまく煙《けむり》のなかからおばあちゃんがあらわれた。お化け屋敷《やしき》から幽霊《ゆうれい》が出てくるみたいに。

おばあちゃんは、息苦しそうな表情でわたしを出むかえた。

「清めすぎてしまったみたい！」

そう言って、手で顔の前の煙《けむり》を払《はら》い、二回咳《せき》をした。

というわけでわたしは、お線香の煙《けむり》と煙《けむり》のにおいをほんの少しでも追いだそうと、急いで家の窓《まど》をあけてまわった。おばあちゃんも桜の木に面した大きなガラス戸を引きあけると、キッチンの換気扇《かんきせん》をつけた。おばあちゃんの徹底《てってい》ぶりがちょっとおかしかった。おばあちゃんは、徹底的《てっていてき》にとことん家を清めようとした。自分たちがいぶされてもかまわない、町全体を煙《けむり》でおおい、ご近所さんたちが蚊《か》取り線香をたかれた蚊《か》みたいにバタバタ倒《たお》れることになってても問題ない、といういきおいで。最後の窓《まど》をあけながら、わたしは声を出して笑った。

吸《す》いこんでもだいじょうぶなレベルの空気に戻《もど》るまで、二十分はかかった。

十一月に家の窓《まど》をぜんぶあけ放つのは、さすがに寒くてつらかった。おばあちゃんとわたしはふるえながらソファに座《すわ》り、そのへんにあったチェック柄《がら》の大きなひざかけにくるまった。

それでもまだ寒かった。

おばあちゃんがひざかけの下でわたしにくっついてきた。たぶん、寒いことを口実にして、わたしをそっと抱《だ》きしめたかったんだと思う。そんなふうにされることに、わたしはもうほんとうに慣れていなかった。一瞬《いっしゅん》、心に疑問《ぎもん》が浮《う》かんだ。この年齢《ねんれい》でおばあちゃんにハグされるのはふつうのことなんだろうか？　ママも十二歳《さい》のころ、自分のおばあちゃんからこんなふうにハグされてたんだろうか？　けれども、わたしをなにより悩《なや》ませていたのは、この疑問《ぎもん》だった——おばあちゃんはいまいったいだれに、つまり人間か幽霊《ゆうれい》、いったいどっちにハグしてるつもりなんだろう……ママに？　それともわたしに？

「あなたのお母さんは、ミカンが大好きだったのよ……」

おばあちゃんがそう口にした瞬間《しゅんかん》、寒さが吹《ふ》き飛んだ。わたしの心と体に、なにかあたたかいものがじわっと広がった。もう何年ものあいだ、だれかがママについて語るのをきいたことはなかった。おばあちゃんがママについてもっと話してくれるなら、どんなにハグされてもかまわないと思った。中学校の入り口の前で、なんなら校庭のまんなかで、おばあちゃんにベタベタのキスをされてもかまわないと思った。実際、ママのことを話してくれるのなら、おばあちゃんが家に火をつけてもかまわなかっただろう。

おばあちゃんはため息をつくと、話しつづけた。

「あなたのお母さんが小さかったころ、わたしはね、冬になるといつもお弁当[*1]にミカンをむいて入れてあげたんですよ。そしたらある日の夕方、学校から帰ってきたあの子がこう言ったの。〝お母さんのおかげで、冬がいちばん好きな季節になっちゃった。だって、ミカンがあるんだもん〟って」

おばあちゃんはひと粒《つぶ》、涙《なみだ》を流した。ほんの小さなしょっぱい涙《なみだ》が、ひざかけのひだに落ちて転がり、ソファのすきまにすべり落ちた。

「ねえ、あなたのお母さんのためにミカンをむいてお皿にもるの、手伝ってくれる？」

「でも、ママは死んじゃったよ」わたしは、わけがわからず言った。

「死んでしまったからといって、お母さんの好物を用意してはいけないってことはないでしょ？　それにお母さんにもいまいる場所で、ちゃんと自分の好きなものを食べてほしいから」

まったくもって意味不明だった。死んでしまったわたしのママが、わたしたちみたいな生きている人間が用意したくだものを食べられるわけがない。

でもひとつだけ、はっきりしていることがあった。それはミカンをむいてお皿にもりつけたいと、わたしが死ぬほど強く願っていることだった。これをするのをもう何年も待っていた気がした。わたしは小さくうなずいた。

わたしたちは窓《まど》を閉《し》め、キッチンに行った。そしてミカンの皮をむいて実を切り分けた。なんにもしゃべらずに、ママのことを想《おも》いながら。おばあちゃんは、実がつぶれたりくずれたりしないで美しくみえるよう手助けしてくれた。わたしたちは、飛びだしている白い筋《すじ》もちゃんと取りのぞいて小鉢《こばち》にもりつけた。器から実をはみださせないように、でも同時にボリュームたっぷりにみえるように気を配りながら……。

器にただくだものをもっただけなのに、わたしにはなぜか、それ以上の意味を持つものに思えた。

できあがったとき、ちょうどパパが仕事から帰ってきた。

おばあちゃんは前置きなしでパパに言った。

「あらっ！　いいところに戻《もど》ってきましたね。いま、ちょうどスミレにミカンをあげようとしてたところなの」

ソファでひざかけにくるまっていたときにわたしが感じたぬくもりを、パパにも感じてほしかった。けれども忘《わす》れてならないのは、パパが大蛇丸《オロチまる》に乗っとられているということだ。

乗っとられているせいで、パパはおばあちゃんの言葉に凍《こお》りついた。冷たい空気が流れこみ、家のなかの温度がぐっと下がった。歯がガチガチ鳴ってしまいそうなほどに。

玄関《げんかん》のドアを全開にしたまま、戸口で棒立《ぼうだ》ちになった。

おばあちゃんは寒さなどものともせずに、おだやかに話しつづけた。

「この家にスミレの写真がみあたらなくて。もしかして一枚《まい》、持ってないかしら？　あっ、ちょっとドアを閉《し》めてくださいな。凍《こご》えてしまいますよ」

パパはギクッと身をこわばらせ、そのまま固まってしまった。わたしは、大蛇丸《オロチまる》がパパのなかで激《はげ》しく暴れているのを感じ、心配になった。おばあちゃんの言葉をきいて、このイキモノが超強力合金《ちょうきょうりょくごうきん》でできた破壊《はかい》不能の城壁《じょうへき》をますます分厚くし、よろいのなかにパパを永遠に封《ふう》じこめてしまうのではないか。そして、もう二度とふたたびパパがそこから出られなくなるのではないか……。けれども次の瞬間《しゅんかん》、奇跡《きせき》と呼《よ》べるようなことが起こった。パパが二度、ふんふんと鼻で息を吸《す》い、まだ家じゅうにただよっていたお線香のにおいをかいでハッとわれに返ったのだ。

パパは玄関《げんかん》のドアを閉《し》めると、わたしたちのほうに向き直り、そっけなく言い放った。

「いえ、うちにスミレの写真はもうありません」

岩みたいにかたくてつっけんどんな口調だったけれど、それでもわたしは、声にひびが入っているのを感じた。よろいがわれて、そのわれ目から、まだ残っているかつてのパパの小さなかけらが助けを求めているように思われた。おばあちゃんはたぶん、このパパの叫《さけ》びをわたしより前に耳にしていたんだと思う。地球の反対側にある日本にいながら、これをききとったにちがいない。おばあちゃんは地獄耳《じごくみみ》だ。

「そう、でもだいじょうぶ。写真ならわたしが持っていますからね」

おばあちゃんはスーツケースのほうへ行き、ごく自然に、まるであたりまえのことのように、額《がく》に入ったママの写真をさっと取りだした。そしてそれをキッチンのテーブルの上、ミカンの小鉢《こばち》の前に置いた。

ママ。

四年ぶりにママの顔をみた。このときの感情は、とてもじゃないけれど言葉に言いあらわすことができないだろう。

それはたとえば、頭のなかにあるたくさんのジグソーパズルの箱の中身がぜんぶ、毎日組み立てているピースがぜんぶ、わたしの心のなかにある大きな箱のなかで押《お》しあいへしあいし、ぐちゃぐちゃにかきまざっているような感じだった。わたしは、くらくらめまいがした。

ママがそこにいた。そこにいて、そしてそこにはいなかった。ママはなにも頼《たの》まなかったけれど、わたしたちはママにミカンを用意した。ママはわたしに似ていて、そしてママは、わたしではなかった。

もしかして、いまなのだろうか？　ミカンとお線香とパパのよろいのひびわれがそろったいまなのだろうか、あの質問をするのは？

わたしは勇気をかき集め、家のなかの清められた空気を吸《す》いこみ、そして……。

この目でみた。パパが泣いているのを。

盛大《せいだい》にではない。小さな涙《なみだ》の粒《つぶ》がふたつだけ、ほおを伝って落下して、寄せ木の床《ゆか》を光らせた。おばあちゃんは「よし、よし」と言いながら、パパの背中《せなか》をたたいた。おばあちゃんの目にも涙《なみだ》が浮《う》かんでいた。

そんなわけでわたしは質問をのみこみ、パパのじゃまをしないことにした。

しかたないよね。

だってタマネギなしでパパが泣いたのは、この四年で初めてのことだったから。

＊1　お弁当は日本人が職場や学校に持っていく、お昼ごはんをおしゃれな小さな箱に入れたもののことだ。でも、ママはお昼の時間にクラスメイトたちにうらやましがられないように、わたしにお弁当を用意してくれなかった。

16 おばあちゃんVS大蛇丸《オロチまる》

パパのよろいのひびわれは、ひと晩《ばん》でふさがった。

火曜の晩《ばん》にパパがタマネギなしで涙《なみだ》を流したあと、わたしはひそかに期待していた。ママが死ぬ前のパパに戻《もど》ってくれるんじゃないか、と。けれども、大蛇丸《オロチまる》には強力なリカバリー能力があるのだろう。なにしろ翌日《よくじつ》のパパはこれまで以上にそっけなくて、世界とのつながりをばっさり断ち切ってしまったみたいにみえたから。

その週のあいだずっと、おばあちゃんはせっせと家を清めた。

あいかわらずお線香をたいていたけれど、初めの日にくらべると、その量はずっとひかえめだった。

そのいっぽうで、おばあちゃんはなにかにつけてママの話をした。まるでわたしたちの命がそのことにかかっているみたいに。

おばあちゃんは自分の娘《むすめ》との楽しい思い出をふり返りながら、心から笑った。娘《むすめ》のためにもう料理をすることができないのがさびしいと言って、涙《なみだ》をぽろぽろこぼした。毎日、ママが作曲した歌を口ずさみながら、リビングのまんなかでおしりをふり、肩《かた》をゆすった。もう存在《そんざい》しないだれかにこんなに大きな居場所を用意することができるなんて、わたしにはほんとうに驚《おどろ》きだった。わたしはこの四年間、沈黙《ちんもく》と秘密《ひみつ》と灰色《はいいろ》にかこまれ、永遠に続くパパの陰鬱《いんうつ》な十一月の空の下で暮《く》らしてきた。けれどもいま、おばあちゃんがうちにお日さまと雨を連れてきてくれた！

わたしはこのままずっと、春先の雨をもたらすおばあちゃんのぽかぽかの三月が続けばいいと思った。笑いと涙《なみだ》、そしておばあちゃんが教えてくれる思い出話につつまれながら暮《く》らしたい、こんな暮《く》らしがずっと続いてほしいと心から願った。

けれどもやっかいなことに、おばあちゃんには大蛇丸《オロチまる》という敵《てき》がいた。

このヘビはおばあちゃんがママの歌を口ずさんでいることに気がつくと、パパに命じた。テレビの前に立ち、音量をどんどんあげろ。義理の母親と自分の娘《むすめ》が耳の穴《あな》に指をつっこむまで、義理の母親がピアノ部屋に退散《たいさん》するまで、ボリュームをどんどんあげろ。このヘビのいる前でおばあちゃんが少し長々《ながなが》とママの思い出を披露《ひろう》したりすると、パパはおばあちゃんの話をさえぎった。そしてわたしの学校の成績を話題にしたり、パパが働いている近所の食料品店での退屈《たいくつ》でこまごまとした日々《ひび》の仕事についてくどくど語ったりした（いつも決まってフランス語で）。おばあちゃんを打ちのめし、気力をそぐために。

けれども最悪なのは、ミカンだった。

最初の水曜以来、おばあちゃんはある決まりを実践《じっせん》していた。それは毎朝、ママの写真の前に置いてある小鉢《こばち》のなかの古いミカンを新しいミカンに取りかえることだ。

「スミレはぐんにゃりしたり、傷《いた》んだりしたミカンは好きじゃないはずですからね」おばあちゃんは、もっともな説明をした。

そんなわけで、前日のミカンは庭のかたすみにそっと置かれることになった。鳥と虫に食べてもらうために。なにひとつムダにはしない。それは命を循環《じゅんかん》させる方法だった。と同時に、前日のミカンのかわりに新鮮《しんせん》なミカンを写真立ての前に置くことは、ママにとっては自分がいまいる場所でわたしたちの愛を受けとる方法だった。

けれどもパパがその週の平日、ミカンを取りかえることはなかった。当然ながら。

「亡《な》くなった妻を大事にしなさい」とおばあちゃんにやさしくさとされても、パパはきく耳を持たなかった。夕方、ミカンの入った小鉢《こばち》の前を通りかかったときには目をそらした。

それればかりか、信じられないことに、最初の三日間は妨害行為《ぼうがいこうい》にまでおよんだ。

水曜から金曜まで毎朝、わたしたちがママのために切り分けたミカンをごみ箱に捨《す》てたのだ。新しいミカンを！　ママのために写真の前に置いた新鮮《しんせん》なミカンを！　わたしたちはその犯行現場を目撃《もくげき》したのだけれど、そのときのパパは、出勤《しゅっきん》前に担当《たんとう》の家事をこなそうとするロボットみたいだった。「写真のそばにこの小鉢《こばち》を置くのはまちがいです。それに汚《きたな》い小鉢《こばち》だから、中身はシンクにあけなければなりません」と説明するロボットの声がきこえてきそうだった。

夕方、わたしたちがパパにこれについてたずねると、パパは驚《おどろ》いたふりをし、手の甲《こう》でこの話題を払《はら》いのけるようにして言った。「そんなこと、おぼえてないな、つくり話じゃないのか？」

おばあちゃんは明らかにあ然としていた。でも、くじけなかった。パパの記憶喪失《きおくそうしつ》を前に、つんとすました顔をした。とはいえ、それは決してみくだしたふうではなく、「まあ、みてなさい」とでも言うような、自分のすることに自信がある人の顔だった。

おばあちゃんは、おばあちゃんの言葉を借りれば、〝じわじわ効く魔法《まほう》〟の力を信じていた。

そして土曜日、パパはついにミカンを捨《す》てなかった。

それはほんのささやかな勝利だった。

そして次の日、つまり日曜に新たな奇跡《きせき》が起こった。パパのなかのなにかが、大蛇丸《オロチまる》の支配を逃《のが》れたのだ。

パパは朝の九時ごろリビングにやってきた。わたしはテーブルの上で古いジグソーパズル〈月夜のフクロウたち〉、二〇〇ピース、初級）を組み立てているところだった。おばあちゃんがお手伝いをもうしでてきたので、わたしはありがたく受けいれた。かえってタイムがおそくなってしまうのはわかっていたけれど。まあ、これはどうでもいい、先へ進もう。

パパは自分がみた夢について話しだした。どこからともなくやってきた夢で、パパにとって夢をみるのは、世界が終わりをむかえてから初めてのことらしい。パパは言った。

「庭に一匹《ぴき》、モグラが隠《かく》れててね。ピンク色のゴム手袋《てぶくろ》をはめてつかまえようとしたんだけど、毎回、するりと逃《に》げられてしまうんだ。モグラは庭のあちこちに穴《あな》を掘《ほ》っててさ、頭にきたよ。だって気になるじゃないか」

夢のなかでパパはモグラを追いかけたのだけれど、スローモーションでしか走れず、いっぽう、おばあちゃんとわたしは早送りしたみたいにかけまわっていたらしい。

「あんなふうにのろのろとしか動けないなんて、いやもう、ほんとうにストレスだよ」パパは力をこめて言った。

パパとモグラの追いかけっこの話を、わたしは最後まできかなかった。

なぜなら、パパが夢について語りながら、引き出しから小鉢《こばち》とナイフを取りだしたから。

それからパパは、くだものをもった大きな皿からミカンをひとつつかみとった。

パパが芝生《しばふ》にあいたモグラの穴《あな》の大きさを説明しながらミカンを小さくきれいに切り分

けているあいだ、おばあちゃんとわたしはじっと黙《だま》っていた。

やがてパパがわたしたちのほうに視線《しせん》を向け、わたしの驚《おどろ》いた顔とおばあちゃんのほほえみをみてはたと手を止めた。

「あれ、どうした？　そうか、やっぱり変だって思ってるんだな、この夢のこと」

パパはわたしたちがパパの手もとをみていることに気づき、自分もおなじように視線《しせん》を落とした。パパはちょうど新鮮《しんせん》なミカンを、さっき引き出しから出してママの写真の前に置いた小鉢《こばち》によそったところだった。

一瞬《いっしゅん》、家のなかの時間が止まった。パパはふたつの声のあいだで迷っていた。自分の声と、イキモノの声のあいだで。片方《かたほう》はパパに、「小鉢《こばち》の中身をごみ箱に捨《す》てて自分の部屋にひきこもれ」と命じた。もういっぽうは、ミカンをめぐって愛する人と笑いあったある朝のできごとを思いださせた。ふたりでテーブルのまわりを走りまわりながらミカンの皮をたがいの顔に投げつけ、そのあと交わしたキスにはミカンの香りがしていたことを……。

おばあちゃんがパパに進むべき道を指し示した。

「きのうの古いミカンは庭に捨《す》ててくださいね。鳥と虫にあげるために」

わたしはすぐにオウムみたいに繰《く》り返した。

「鳥と虫にあげるためだよ」

二秒の沈黙《ちんもく》のあと、もう一度念押《ねんお》しした。

「鳥と虫のためだからね」

パパはわたしたちの顔をしげしげとみつめ、お線香をたく年老いた魔女《まじょ》と、魔女《まじょ》の言葉をオウムみたいに繰《く》り返す彼女《かのじょ》の孫娘《まごむすめ》の指示のなかに大切ななにかがあることを読みとった。そして反射的《はんしゃてき》に庭のほうに向き直り、ガラス戸を引きあけ、鳥と虫のために前日のミカンを庭に置きに行った。

パパが庭に出るとすぐに、おばあちゃんとわたしは、ママの写真のそばにある小鉢《こばち》にふたりそろって突進《とっしん》した。そして、実をそっとつまみあげて点検し、ほほえんだ。

パパは、ちゃんと白い筋《すじ》を取りのぞいていた。

17 過去のものを使って……

この月曜の朝のドドノン先生の登場は、派手派手《はではで》しくはなかった。

というか、とにかくいつもと感じがちがっていた。

先生は、両腕《りょううで》に巨大《きょだい》な段《だん》ボール箱をかかえて美術室のドア枠《わく》をくぐり抜《ぬ》けた。そして、教卓《きょうたく》の上に箱をぶん投げるようにしてドサッと置いた。それからへなへなと椅子《いす》に腰《こし》をおろすと、泣きくずれた……。というわけで、よく考えれば、いつものような派手派手《はではで》しい登場とも言えた……。

長々《ながなが》とむせび泣く美術の先生を、クラスじゅうがとりあえず、気づかいと困惑《こんわく》の目で見守った。こんな場合にはそうするのがふさわしいと考えて。スタニスラスとかティボーとか、何人かのクラスメイトが、「おい、いったいどういうことだ?」と問いかけるように横目で視線《しせん》を交わしあっていたけれど、どういうことかはっきりさせようと実際に声をあげたのはステラだった。

「先生、だいじょうぶですか? えーっと……、よかったら、なにがあったか話してもらえますか？」

ドドノン先生は涙《なみだ》でぐしゃぐしゃになった顔をみんなのほうに上げると、三、四回、ズッとはなをすすってうなずいた。教室は水を打ったようにしんと静まり返った。先生は聴衆《ちょうしゅう》に告げた。

「わたくしの最愛の女性が、きのうの朝、わたくしを捨《す》てたのです！」

クラスの全員が、驚《おどろ》きからか同情からか、はたまたかたちだけのものなのかはわからないけれど、とにかく「おおっ」と声を出した。

「おつきあいを始めて七カ月目で！」

またもや「おおっ」の声。今度のは、憤慨《ふんがい》をあらわす「おおっ」だった。

「彼女《かのじょ》は言いました……、彼女《かのじょ》は言ったんです、わたくしに才能があると思ったことはないと。わたくしはメキシコの大芸術家フリーダ・カーロじゃなくて、ただの変ちくりんな女だと。フリーダみたいな真の**アーティスト**には絶対なれないと！」

わたしたちはもう、「おおっ」の声をあげなかった。ただ何人かが静かにうなずいた。

「彼女《かのじょ》は……、どうやらわたくしのアパートのむかしふうのインテリアがお気に召《め》さなかったようなのです……わたくしがつくるカルボナーラも……。それらに輪をかけて、わたくしが彼女《かのじょ》のヌードを描《か》いたデッサンも」

ドドノン先生がまたもや騒々《そうぞう》しく泣きはじめたので、ステラがミントの香りがついたテイッシュを差しだした。

「ありがとう、やさしいのね」

ドドノン先生はミントの香りにつつまれてはなをかむと、教卓《きょうたく》に置いてある大きなダンボールを指さして続けた。

「この箱のなかに、彼女《かのじょ》がこの七カ月のあいだにわたくしの家へ置き忘《わす》れていったものが入っています……、で、そうした品々《しなじな》が、……そうした品々《しなじな》が、あなたたちへ出す課題のヒントを授けてくれました……」

クラスの全員が「えっ！」と目をみひらいた。思いもよらない展開《てんかい》だった。ドドノン先生に今度はいったいなにをやらされるのだろう？

「というわけで……、ダニエラとわたくしの関係は終わってしまったのです！　ダニエラがわたくしに未来も喜びもない現在を押《お》しつけたのです！　わたくしたちの関係はもう過去、過ぎ去りし過去となったのです！　そうである以上、さあ、みなさん、**過去のものから完璧《かんぺき》以上の現在をつくりだすのです！**」

正直、こう言い終えるなりドドノン先生が雷《かみなり》に打たれたり、教室の電球がぜんぶいちどきにわれたりしたら、映画《えいが》をみているみたいな気がしただろう。絶望のただなかにあっても、先生はものごとを派手派手《はではで》しく演出するセンスを失っていなかった。

それから先生は、具体的に指示を出した。

「ダニエラが残していったものが入ったこの箱からそれぞれひとつずつ、好きなものを選びなさい。そしてその選びとったものを、すなわちわたくしたちのほうむり去られた過去に属するものを使って作品を……、このうえなく美しい作品をつくりだしなさい。そしてそれをこの教卓《きょうたく》に置きなさい。贈《おく》りものを、よりよき日々《ひび》への希望となるような贈《おく》りものをささげるように。ええ、贈《おく》りものです……でも、なんでもいいというわけではありません。つくりださなければならないのは、完璧《かんぺき》以上の贈りもの、完璧《かんぺき》以上の現在《プレザン》です」

先生はぼさぼさになった髪《かみ》をなでつけながら、よろよろと窓辺《まどべ》に向かった。そして、窓《まど》ガラスに映《うつ》った自分の姿《すがた》と向きあいながら、さらに言った。

「来週、作品を提出してもらいます。そのとき、できればわたくしの肩《かた》に手を置いて、わたくしがなぜ愛に値《あたい》する人間なのか思いださせてちょうだい」

教室がしんと静まり返った。

「さあ、作業に取りかかりなさい」

クラスの全員がいっせいに、わたしたちの美術の先生とその元恋人《もとこいびと》のダニエラさんの親《しん》密《みつ》な思い出の品々《しなじな》がつまった段《だん》ボール箱に駆《か》けよった。

わたしは運に見放された。なぜなら、箱にたどりついたのは最後から二番目だったから。クラスメイトたちが枕《まくら》やブラジャー、スペインで撮《と》ったダニエラさんの写真、「おメェエエさんが好きだ」と鳴いているヒツジがプリントされた靴下《くつした》なんかを持ち去るいっぽうで、わたしには二十八枚《まい》のトランプのセットしか選びようがなかった。二十八枚《まい》だけなのは、キングの四枚《まい》が欠けていたからだ……［フランスには三十二枚組のトランプがある］。これでなにをつくれというのだろう？　どうやったらこの過去のものを完璧《かんぺき》以上の贈りもの《プレザン》、完璧《かんぺき》以上の現在《プレザン》にすることができるんだろう？　どうやったらわたしたちの人生とわたしたちの悲しみを、大切な贈りもの《プレザン》、大切な現在《プレザン》にすることができるんだろう？　おばあちゃんのミカンの魔法《まほう》で、パパはよろこびに通じる道に戻《もど》れるんだろうか？

そんなことをもんもんと考えているうちに、終業のベルが鳴った。

わたしは美術の授業で使う道具と、トランプのセットと、自分のもんもんとした考えをカバンのなかにしまった。ドドノン先生の指示が、まちがいなくまだわたしの脳《のう》みそをかきまわしていた。

わたしはステラといっしょに美術室を最後に出た。教室を出るとき、ふたりでわたしたちの風変わりな先生のほうをふり返り、「さようなら」とあいさつした。

ドドノン先生は悲しげなほほえみを浮《う》かべて、弱々《よわよわ》しく手をふった。そのしぐさは、「だいじょうぶ、立ち直れます」と言っているようにも、「ぜんぜんだいじょうぶじゃありません」と言っているようにもみえた。

すごくみょうな話だけれど、この月曜を境に、ドドノン先生はわたしのお気に入りの先生になった。わたしがそのことをステラに打ち明けると、ステラはすぐに反応した。

「あたしは最初の授業からずっと、あの先生のことが好きだったよ。人生でこんな変な人に出会えて、あたしたち、すごくラッキーだって思うんだ。ドドノン先生って、ものごとにめっちゃのめりこむ人だよ」

ステラはそう言うと、五、六回まばたきした。彼女《かのじょ》は虹《にじ》の上でギターを弾《ひ》いているユニコーンのイラストがついたセーターを着て、金髪《きんぱつ》はいままでにないくらいもしゃもしゃだった。彼女《かのじょ》はアニメのキャラクターに恋《こい》していて、先生にミントの香りがついたティッシュを差しだすような子だ。

そして、わたしのいちばんの友だちだ。

18 ステラがあ、の、質問を……

その日の放課後、いつものようにステラの家に行った。

わたしたちはステラの部屋に入るとすぐに学校のカバンを床《ゆか》に投げ捨《す》てて、パソコンに駆《か》けよった。〈ナルト〉がみたくてたまらなかった。

「みたくてたまらないのは、サスケだよ……」ステラがきっぱり訂正《ていせい》した。

オレンジ色とブルーの衣装《いしょう》に身をつつんだニンジャのアニメの四話のエピソードはどれも強烈《きょうれつ》で、わたしたちはナタリアさんがトレイにのせて置いていってくれたタルティーヌにも手をつけずみいってしまった。娘《むすめ》の部屋に入ってきたナタリアさんはすぐに、わたしたちのじゃまをしてはいけないと悟《さと》った。わたしたちは「ああっ！」とか「おおっ！」とか、「そう！」とか「だめっ！」を連発しながら、微妙《びみょう》にちがういろいろな表情を百面相みたいに繰《く》りだし、たがいの肩《かた》をつかんだ。部屋に隠《かく》しカメラを仕こんでわたしたちのようすを撮影《さつえい》し、ユーチューブにアップしたら、ステラとわたしはフランスと日本でいい笑い者になったんじゃないかな……。

四話目が終わったとき、わたしは完全に息切れしていた。そこで水が欲《ほ》しいとステラに頼《たの》んだ。

「あたしもね、のどがかわいたって思ってたとこ」ステラはそう言って部屋を出ていった。

わたしは時代遅《じだいおく》れのガラクタがごちゃごちゃ置いてある友だちの部屋で水が来るのをおとなしく待ちながら、〈ナルト〉のこと、マンガのこと、アニメのこと、そして……日本のことを考えた。

疑問《ぎもん》もあれこれ浮《う》かんできた。パパはいまやママのために古いミカンを新しいのに取りかえるようになったんだから、ひょっとするとわたしがアニメをみることもゆるしてくれるかな？　若《わか》いころ〈ドラゴンボール〉のファンだったんだから、おすすめのアニメを紹《しょう》介《かい》してくれるかも？　おばあちゃんが日本に帰ったあと、パパは自分でミカンを買うんだろうか？　そもそもキッチンに置いてあるあの写真は、あのまま飾《かざ》っておくんだろうか？　で、夏になったらどうするんだろう？　ミカンっていうのは、冬のくだものだよね？　夏、スーパーからミカンが消えたあと、ママはなにを欲《ほ》しがるんだろう？　じきにまたピアノにホコリが積もるんだろうか？　四年後、またもや心配になったおばあちゃんがわが家にふたたび乗りこんでくることになり、そのときまた、四年分のもわもわを取りのぞくことになるんだろうか……？

なんてことない一杯《いっぱい》の水を待っているあいだに、こんなに複雑な疑問《ぎもん》が次から次にわいてくるなんて、ほんとうにびっくりだ。

〝次々《つぎつぎ》に疑問《ぎもん》をもたらす一杯《いっぱい》の水について語りなさい〟。ドドノン先生の次の課題のタイトルは、これかもしれない……。

「エリーズ、どうしたの？」

いつのまにかステラが部屋に戻《もど》ってきていた。ふたつの大きなグラスを手にして、いかにもステラらしい深くてやさしいまなざしでこっちをみつめている。目が大きなふたつの丸になっていて、その上で眉毛《まゆげ》が小さな〝へ〟の字を描《えが》いていた。

「なんで泣いてるの？　サスケのこと考えてた？」

泣いてる？　このわたしが？　ここ、ステラの家で？　ナタリアさんがわたしをうらやましがらせるようなことをなにもしてないのに？

ほっぺたに手をやると、ほんとうだ、ぬれている。ステラが両手に持っているグラスの表面みたいにぬれている。水を飲んだら、もっと涙《なみだ》が出てしまうんだろうか？

ステラはふたつのグラスを部屋の床《ゆか》の上、特別な棒《ぼう》で背中《せなか》をなでられるとケロケロ鳴くカエルのそばに置いた。

そして、ベッドに座《すわ》っているわたしのとなりに腰《こし》をおろした。

「話、きくよ。あたしたち、友だちだよね。友だちっていうのは、困《こま》りごととか悩《なや》みごととか、打ち明けあうもんだよね！　ってか……あたしたち、ムダにナルトをみてるわけじゃないよね……。ナルトってさ……、ほら、友情のパワーがテーマだから」

ステラは説明のしめくくりに、両手で大きなハートマークをつくった。

わたしは四年前にパパと交わしたあれこれの約束について考えた。約束のいくつかを破ってしまったことも。もっといろいろ破りたいと思っていることも、わたしはいい子じゃなかったことも、そしてパパをもっとちゃんと守ってあげなければならないことも……。わたしはこみあげてくるいろいろな不安をのみこもうとした。けれどもステラの十本の指がつくりだすハートを目にして、友情のパワーにあらがえなくなった。だから打ち明けた。

おばあちゃんと過ごした一週間について、二度ひびわれが入ったパパのよろいについて、四年前からの決まりごとについて、タマネギについて、家ではふだん日本語が禁じられているとについて、わたしは語った。じつは半分日本人であることも。ママが京都の生まれであることも。来週、おばあちゃんが日本に帰ってしまうのを不安に思っていることも。おばあちゃんがいなくなったら、たぶん、家でもう、ママのことを話す機会はなくなるだろうから……。つまり、わたしはいわゆる〝わたしの人生〟について語った。小さくてあたたかい涙《なみだ》が四粒《つぶ》、足もとにあったグラスのなかに落ちて水をあふれさせた。

つかのまの沈黙《ちんもく》のあと、つまりステラがいまきいた情報を頭のなかで整理したあと、彼《かの》女《じょ》はわたしに、あの質問をした。とても慎重《しんちょう》に、とても気をつかいながら、わたしの心に何度も何度も浮《う》かんでくるのにパパにたずねることを禁じられているあの質問を口にした。


ステラがあの質問を……

「これってたずねていいんだかどうだか、わかんないんだけど……」言葉を選びながら、つぶやくように前置きして。

「その質問の答えは知らないの」わたしはさっとひと息に言った。

そしてまたどうしようもなく涙《なみだ》がこぼれそうになったので、足もとにあったグラスの水を、これまたさっとひと息に飲みほした。これ以上グラスから水をあふれさせないように。

ステラの目が、いままでにないくらい大きくまん丸にみひらかれた。あれ以上目をみひらいたら、眉毛《まゆげ》が髪《かみ》の毛と一体化しただろう。

「でも、エリーズ、それってとってもとっても重大なことだよ。とってもとっても重要なことだって。なのに、エリーズが知らないなんて、ありえない。それって……とってもとっても基本なのに！」

とっても《トレ》とっても《トレ》と言われて、わたしはドドノン先生の先月の課題を思いだした。課題で描《えが》いた箱のなかに、わたしはとっても《トレ》とっても《トレ》イケてる自分の特徴を閉《と》じこめた。突然《とつぜん》、息が苦しくなり、胸《むね》のなかで心臓《しんぞう》がとびはねた。もう限界だった。きょうのぶんの感情の限界を超《こ》えていた。わたしみたいな女の子が受けいれられる感情の限界を超《こ》えていた。

「この話はここまでってことで、ごめん。わたし、うちに帰らなきゃ」

ステラの顔の上を、あれこれの文字が猛《もう》スピードで駆《か》け抜《ぬ》けていった。こんないろいろな文字を顔に浮《う》かべさせるなんて、曲芸に近い。わたしは自由自在にのびちぢみするステラの顔の筋肉《きんにく》に心から驚嘆《きょうたん》し、そのおかげで不安がやわらぎ、心がちょっとほぐれた。

ステラの表情は彼女《かのじょ》のお気に入りの〝あ〟に向かってゆっくり進んでいった。ステラは気まずそうにしながらも、ほがらかで前向きにみえるようにがんばっていた……。

わたしは胸《むね》がじんとした。

あまりにもじんとしたので、口から自然にやさしい言葉がこぼれでた。

「土曜の夜、うちに夕飯を食べに来て泊《と》まってかない？　そうすれば、わたしのおばあちゃんにも会えるし」

奇妙《きみょう》なことだけど、わたしはステラに断られるんじゃないかと不安だった。だから、宣《せん》伝《でん》文句をつけくわえた。

「おばあちゃんはね、正真正銘《しょうめい》の日本人だよ」

おばあちゃん、ごめん。おばあちゃんを土曜の夜の観光の目玉にしちゃって、ごめん……。

「うっそ、エリーズ、めっちゃうれしい。それって、それって……」

ステラは興奮《こうふん》し、わさわさ体を動かしはじめた……。

「もちろん行きたい、すんごく行きたい、いやあ、ワクワクだな、ドキドキだな、なんだかふわふわしてきた！　あたし……、あたし、天にものぼりそう」

ステラは「天にものぼりそう」を、窓《まど》をあけ、天に向かって叫《さけ》ぶように言った。うるさいと思ったのだろう、遠くのほうから近所の人がカービン銃《じゅう》をうつ音がきこえてきた。窓《まど》を閉《し》めると、ステラはわたしに向き直った。

「めちゃくちゃうれしい！　だって、あたし……、あたし……、生まれてから一度も友だちのうちにおよばれしたことがなかったから」

ステラは本能的に顔に〝あ〟を貼《は》りつけた。ただこの〝あ〟は、とけかけの〝あ〟だった。わたしにはわかった。ステラもまた、崖《がけ》っぷちにたたずみながら涙《なみだ》をこらえていたのだ。わたしはステラの左右の肩《かた》に手を置いた。

「でも、それにはまず、パパの許可をもらわなくっちゃ。家にお客さんを呼《よ》ぶのは久しぶりなの」

四年だ。おばあちゃんが来るまで、もう四年以上、うちにお客さんが来たことはなかった。

「うん、うん、もちろんそうだ。あたしもママに許可をもらわないと」

わたしはコートをはおると、ステラにさよならを言う前にこまかい注意点をいくつか言い足した。

「でね、ステラ、もしうちに来ることになったら、わたしのママのことを話題にしたらダメだよ、わかった？　わたしがパパについて話したこともないしょにしてね。パパにも、日本人のおばあちゃんにも、絶対に言わないで、お願い」

ステラは胸《むね》に左手をあて、右手の指を三本、顔の高さにかかげて宣言《せんげん》した。

「はい、誓《ちか》います！　木の十字架《じゅうじか》にかけて、鉄の十字架《じゅうじか》にかけて、もしウソをついたら、えーっと、えーっと、なんだっけ……。ってか、エリーズはあたしのこと、わかってるよね。あたしはムール貝みたいに口が固いよ。カキみたいに口を閉《と》ざすよ。ほんもののナマズみたいに、えーっと……」

「ナマズじゃなくて、鯉《コイ》だよ。〝鯉《コイ》みたいに黙《だま》りこくる〟［フランスでは、無口なことを「鯉みたいに黙る」と言う］って言うでしょ」

「そうだ、それだ、鯉《コイ》だ。あたしはほんものの鯉《コイ》みたいに黙《だま》りこくるよ」

それからステラはすぐさま、ほっぺたの内側を引っこめてくちびるを魚の口のかたちにした。そしてそのまま鏡をのぞきこみ、「ひひひ」とちょっと頭のネジがゆるんでしまったような小さな笑い声をあげた。

「あたしって、おもしろすぎる！」

わたしはひとりで家に帰る道すがら、くちびるを魚の口のかたちにする練習をした。

わたしだって、自分が望みさえすれば、おもしろくなれるのだ。

19 〈ドラゴンボール〉のほうがお気に入り

というわけでわたしは、今週の土曜にステラがうちに泊《と》まっていいかパパにきかなければ、と思いながら家に戻《もど》った。

なぜかはわからないけれど、友だちを泊《と》まらせてほしいと頼《たの》むことがちょっとこわかった。それでも、パパはゆるしてくれるはずだと思っていた。だって前に新しい友だちをつくれと言ってきたのはパパだから。わたしが孤独《こどく》の殻《から》から抜《ぬ》けだすこと、それがパパの望みだったよね？

たぶん、わたしがいちばん心配しているのは、ステラがピアノの部屋にまだ残っているホコリに気づいたり、タマネギのにおいや家のなかの涙《なみだ》を感じとったりするんじゃないかっていうことだ。でも、だいじょうぶ、おばあちゃんがいる。おばあちゃんがいるおかげで、ものごとのバランスが保たれるはずだ。そう、おばあちゃんとお線香とミカンのおかげで、楽しい夜になるはずだ……。

それにもしかしたらステラが、パパのよろいにまたひびを入れてくれるかもしれない。

それができる人がいるとすれば、それはステラだろう。ステラはサスケの秘術《ひじゅつ》を熟知《じゅくち》している。大蛇丸《オロチまる》がどんな攻撃《こうげき》をしかけてきても、ちゃんと対応できるはずだ。パパのなかにほんとうに大蛇丸《オロチまる》がいればの話だけれど。

家に帰ると、ピアノがある部屋でおばあちゃんがママのＣＤを探《さが》していた。

「どういうことかしらねえ。スミレはこの部屋に自分のＣＤを置いていたと思うんだけれど。もしかして、売ってしまったの？」

「ううん、売ってないよ、売ってない……」

「じゃあ、どこにあるの？」

わたしは迷った。なんと答えたらいいんだろう。パパをかばうべきか？　それとも真実を言うべきか？　一秒が過ぎ、そしてわたしは……パパをかばうことにした。でも、ウソはつかずに。

「パパにきいてみたら？　ＣＤを管理してたのはパパだから」

「あら、そうなの？　なるほど……」

それからごく自然に、おばあちゃんはママのことや、ママのピアノに対する情熱について語った。かんたんなメロディーを弾《ひ》くだけで、どんなふうにしてママが雨の日にお日さまをつくりだしたかについても。音楽家としての仕事がママを遠くに、おそらく遠すぎる場所に連れていってしまったけれど、ママはそこにいなければならなかったのだということも……。

おばあちゃんのこの最後の言葉の意味がわからなかった。

だから、どういうことか説明してもらおうとしたら、ちょうどパパが帰ってきた。

パパはいつもより少し軽やかな感じだった。愛した女性の写真の前にミカンを置くと、心が少し軽くなるのかもしれない。よくわからないけれど……。とにかく、わたしは両手で勇気をかき集めた。そしておばあちゃんに「ちょっとごめん」と声をかけ、緊張《きんちょう》してドキドキしながらパパのところに行くと、ふるえぎみの声できいた。

「今週の土曜にステラをうちに泊《と》めたいんだけど、いいかな？」

そう口に出しながら、心臓《しんぞう》の鼓動《こどう》が大きくなり、こめかみがドクドク脈打った。がまんできなくなりそうなほど強く。そんなふうになったのは、たぶんこんな疑問《ぎもん》がこみあげたからだ――うちに招待することで、わたしはステラにどんな役割《やくわり》をあたえてしまったんだろう？　自分の友だちに、どんな重荷を背負《せお》わせてしまったんだろう？

パパの答えはあっけないほどかんたんだった。わたしは拍子抜《ひょうしぬ》けして、ぐちゃぐちゃ考えた自分がバカらしく思えた。

「いいよ」

そっけないけれど、前向きな返事だった。わたしはほっとした。

「それなら、〝ギョーザの夕べ〟にしましょう！」

ピアノがある部屋からおばあちゃんの声が飛んできたかと思ったら、すぐに本人も飛んできた。

「お友だちはなんて名前？」

「ステラ」

「す・て・ら？」

おばあちゃんは日本人だから、ステラの名前をうまく発音できなかった。おばあちゃんはいまでも気をつけないと、わたしのことを「え・り・す」と呼《よ》ぶ。

「そう、す・て・ら」わたしはうなずいた。

「すてらちゃんはギョーザが好きかしらねえ？」

ステラはギョーザよりなにより、「すてらちゃん」と呼《よ》ばれるのが好きだろうな、と思った……。たとえ名前を正しく発音してもらえなくても。

「きっと好きだと思うよ。ステラは日本の文化に興味を持ってるの」

「えっ、そうなのか？」パパが口をはさんできた。

わたしはびっくりした。あのパパが、日本の文化に興味を持っているわたしの友だちに興味を持つなんて……。

よし、もう一歩踏《ふ》みこんで、ようすをみてみよう……。

「うん、そう。じつはね、わたしたち、ふたりで、ふたりで……みてるんだ、ナルトを。毎週、月曜の午後に。ステラはアニメ好きなの」

沈黙《ちんもく》が下りた。

ようやくパパが言った。

「それでエリーズも、ステラといっしょにナルトをみるのが好きなのか？」

わたしは一瞬《いっしゅん》迷い……正直に答えた。

「う、うん。ナルトをみるの、好きだよ、パパ」

またもや沈黙《ちんもく》。今度のはもっと長かった。わたしは不安になった。決まりを破ったから、しかられるのだろうか。それとも、大蛇丸《オロチまる》が氷のよろいの内側でパパをどやしつけているのだろうか。パパは頭をひねり、その視線《しせん》がママの写真の上に落ちた……。パパはぽつりと口にした。

「ぼくは、ドラゴンボールのほうがお気に入りだったな」

世界じゅうのどんな子でも、自分の父親から〈ドラゴンボール〉への愛を打ち明けられたら、とびはねたくなるくらいうれしいんじゃないかな。わたしにとっては、とびはねるどころの騒《さわ》ぎじゃなかった。

だってパパがわたしたちの生活の〝ルールその五〟を、正式にではないけれど、終わりにしたのだから。

わたしは子どもっぽい、ニッコニコの笑顔になった。それはこの四年のあいだパパに向けて浮《う》かべたことのない、心のこもったほんものの笑みだった。わたしはもうそれ以上なにも求めずに階段《かいだん》を駆《か》けのぼり、自分の部屋に行った。カクレクマノミのジグソーパズルの箱をあけ、猛《もう》スピードでピースを組みあわせながら、びっくりするくらいの早口でしゃべりつづけた。だれに対して話しているのか自分でもわからなかったけれど、その人に、土曜にわたしの親友がうちに遊びに来て、みんなでギョーザを食べるのだと教えた。大蛇《オロチ》丸《まる》は情けない悪者にすぎず、わたしの現在は完璧《かんぺき》以上だと説明した。きょうステラの家で泣いてしまったけれど、とってもいい一日だったと報告した。いつかわたしも、〈ドラゴンボール〉に関心を持つだろうと伝えた。

わたしは目の前にあるジグソーパズルのピースに、大切な人に話すみたいにして語りかけていた。ぜんぶ日本語で。

20 最高の一週間

火曜の夜、帰宅《きたく》したパパにプレゼントをわたされた。

もらったのは、またもやジグソーパズル。ピースの数は五〇〇！ しかも、そんじょそこらのパズルではない。なにしろ〈ナルト〉のパズルだったのだから。パパがうちに〈ナルト〉の世界を持ちこんだことで、わたしはパパが〝世界の終わり〟から戻《もど》ってくるんじゃないかと本気で期待しはじめた。大好きなアニメのジグソーパズルを組み立てている自分の姿《すがた》を思い浮《う》かべているうちに、想像上のわたしはなぜか、自分のかけらをつなぎあわせていた。その姿《すがた》はどこか、わたしが好きなわたし自身をあらわしていた。フランスで暮《く》らし、母が生まれた国のアニメのジグソーパズルを組み立てている、思春期一歩手前の女の子。

わたしのなかにあるフランス人と日本人のどちらの特徴《トレ》も、とって《トレ》もとって《トレ》も満足していた。

「すぐに組み立てようっと！」

わたしはすごく興奮《こうふん》していた。わたしが最後にこんなにワクワクしたのは、いったいいつのことだろう！

「三十分もしないうちに夕食だぞ」パパが釘《くぎ》を刺《さ》した。「組み立てはじめるのはかまわないけど、終わらせるのはほかの日だな」

わたしは階段《かいだん》から「了解《りょうかい》」と答えた。

パパに「食事ができたぞ」と呼《よ》ばれたとき、わたしはすでに八〇個のピースを組み終えていた。続きは明日やろう。

階下《した》に行くと、おばあちゃんがちょうどテーブルをととのえたところだった。三人で食《しょく》卓《たく》に着き、料理を食べながらとりとめもないことをおしゃべりした。

食事の最後に、おばあちゃんがパパにたずねた。

「スミレと初めてふたりで食事しに行ったときのこと、おぼえてますか？　宇治《うじ》に行ったんでしたっけ？」

宇治《うじ》というのは、京都市から二十キロほどのところにある抹茶《まっちゃ》で有名な町だ。

今度もまた、おばあちゃんはなんの前置きもなくいきなりママのことを話題にした。ママの思い出をこんなふうにさらりと口にできるおばあちゃんは、ほんとうにすごい……。

でも悲しいことにわたしは、ママについてたずねられた瞬間《しゅんかん》、パパが冷たい沈黙《ちんもく》のなかに閉《と》じこもってしまうのを知っていた。

だけど、このときばかりはちがっていた。

「あ、はい。ええっと、あのときは……、抹茶《まっちゃ》のラーメンとあずきのアイスクリームを食べたんです。スミレに宇治《うじ》の名物だからって言われて。それから、あじさい園まで歩いたんですが、ぼくが石段《いしだん》でつまずいて足首をくじいてしまって。スミレにきかれましたよ。女の子に世話してもらうために、いつもこの手を使ってるのかって。そして数メートル先まで、ぼくをおんぶしてくれました。周囲の注目の的でしたよ。スミレは注目を集めるのが好きでした」

「そう、そう、そうでしたね。スミレからその話、きいたことがありますよ」おばあちゃんはほほえんだ。

パパはかすかに笑った。ほんの一瞬《いっしゅん》だけのかすかな笑い。だけど、心からのものと思える生き生きとした笑い、ウソのないささやかな笑いだった。

それをみて、わたしを乗せた船の帆《ほ》が風を受けてふくらみ、わたしの背中《せなか》に生えた翼《つばさ》が広がった。なにしろこの四年で初めて、パパがママについて語り、ママの思い出をわかちあいながら笑ったのだから。ナルトは大蛇丸《オロチまる》に勝利をおさめつつあった。そしてこの夕食のひとときと、さらにはおばあちゃんのおかげで、美術の課題のアイディアがひらめいた。

その週の残りはあっというまだった。わたしは背中《せなか》の翼《つばさ》に運ばれていたせいで、毎日がどんどん過ぎてゆくのに気づかなかった。ふだんはそれほど興味をひかない科目でさえも、なんだか新鮮《しんせん》に思われた。わたしは授業に集中し、休み時間やお昼時間にはステラと笑い転げた。その週はほんとうに最高だった。学校から帰ると、わたしは毎日、ドドノン先生の〝完璧《かんぺき》以上の現在〟の製作に打ちこんだ。正直、わたしが美術の課題にこんなに熱心に取り組んだことはない。夜になると、おばあちゃんが日本のいまの状況《じょうきょう》をかんたんに説明し、パパはますます熱心に耳をかたむけた。日差しを浴びている雪だるまみたいに、よろいがとけていた。まったく信じられないことに。

わたしは〈ナルト〉のジグソーパズルを完成させないことにした。

最後の一〇〇ピースはステラのために、彼女《かのじょ》がうちに来たときのためにとっておくことにした。

自分の手でサスケの顔を完成できたら、ステラはすごくよろこぶはずだから。それにそうすることで、わたしがジグソーパズルをしながら感じているときめきを、ステラにもわかってもらえるはずだから。

それに、ひょっとして、ということもある。ステラにジグソーパズルの才能がないとはかぎらない。ステラに才能があるのかどうか、わたしは早く知りたくてたまらなかった。

実際、土曜になるのが待ち遠しくてたまらなかった。唯一《ゆいいつ》の気がかりは、ステラがママにまつわるいろいろな質問を――あの質問を――するのではないか、音のくるったピアノや息もたえだえの桜の木についてちょっとばかり立ちいったことをたずねるのではないか、ということだった。けれどもステラは約束した。ないしょにする、余計なことは言わないと約束した。「鯉《コイ》になる」と誓《ちか》った。

わたしは自分のお魚の親友に、わたしがカクレクマノミを組み立てている場所をみせたくてうずうずしていた。

21 ギョーザと競技会

もちろん、ステラはちっとも鯉《コイ》なんかじゃなかった。その正反対とも言えた。〝口から生まれてきた〟とはまさにステラのことで、おしゃべりなのはわたしの予想どおりだった。それでも、うちにママがいないことについてはひと言も触《ふ》れなかったのでほっとした。

土曜の午後四時ごろ、ステラの両親がステラをわたしの家まで連れてきた。

ステラのお父さんと会うのは初めてだった。ステラによると、お父さんは南フランスで自分の会社を経営していて死ぬほどいそがしく、自宅《じたく》に帰ってくるのは週末だけ（それも二週間に一度）とのことだった。ぜんぶウソっぽくきこえたけれど、わたしは気にしなかった。

ナタリアさんはパパと少し世間話をした。翌日娘《よくじつむすめ》をむかえに来る時間を確認《かくにん》し、それからステラのお父さんと車に乗って、八十キロ離《はな》れた大きな町へラブラブの週末を過ごしに行った。

ちょうどそのとき、おばあちゃんがうちの小さな玄関《げんかん》ホールに登場し、ステラはついに生まれて初めて、一〇〇パーセントほんものの日本人女性を目にすることになった。

当然、すごいさわぎになった。ステラはぐいと身をかがめて体を九十度に折り、〈グーグル翻訳《ほんやく》〉とアニメから仕入れた日本語のあいさつを口にした。

おばあちゃんは、とまどいながらも噴《ふ》きだしそうになった。そして、お客さんのステラより心もち深めにおじぎした。日本の礼儀作法《れいぎさほう》にしたがってそうしただけなのだけれど、ステラは「角度が足りなかったんだ、もっと深くおじぎしなくっちゃ」と思ったらしく、さらにぐっと身をかがめた。

それをみたおばあちゃんは、おじぎの角度を深くした。するとそのあと、相手より深く体を折り曲げるおじぎ合戦が繰《く》りひろげられることになり、ステラはついに床《ゆか》に両ひざをついた（そして、額《ひたい》を床《ゆか》に押《お》しつけた）。両手を前にのばしてひれふすその姿《すがた》は、まるで時代劇《じだいげき》のお殿《との》さまにあいさつしているみたいだった。というわけで、本気で困惑《こんわく》したおばあちゃんは、大あわてで言った。

「こんなあいさつはいりませんよ。さあ、立ってちょうだい。それに夕食はただのギョーザだし、家のなかもあんまり片《かた》づいていないし。まあ、ここはわたしの家じゃなくて、義理の息子の家ですけどね。だから、そんなかた苦しいことはしなくていいの」

日本語だったので、もちろんステラにはちんぷんかんぷんだった。

それでもステラは、大好きなアニメで話されている日本語で**直接に**話しかけられたので**感激**《かんげき》した。そして、おばあちゃんからこの理解不能な言語でもっとたくさん話しかけてもらおうと思ったのだろう、額《ひたい》をさらに床《ゆか》にぐりぐり押《お》しつけ、「アリガト、アリガト」、「イチバン、ジャパン」[*1]と熱っぽく繰《く》り返した。まるで自分の命がかかっているみたいに。

この騒《さわ》ぎを終わりにしたのはパパだ。

「あいさつのやり方を実演してくれてありがとう、ステラ。ソノカさんが、〝もう頭をお上げください〟って言ってるよ」

ステラは体を起こすと、両手でおばあちゃんの左右の手を握《にぎ》り、力強く声をかけた。

「ガンバリマショー！」

これはよく言えば「せいいっぱい全力をつくせ！」、悪く言えば「血ヘドが出るまで死力をつくせ！」の意味で、あの状況《じょうきょう》では、夕食のギョーザのクオリティについて、おばあちゃんにかなりのプレッシャーをあたえる言葉だった。

玄関《げんかん》にただよっていた気まずい空気を払《はら》いのけるため、わたしは言った。

「行こう、ステラ。わたしの部屋をみせてあげる」

そしておばあちゃんがキッチンに戻《もど》り、今夜のギョーザの具に細ねぎとショウガをまぜているあいだふたりで階段《かいだん》をのぼり、わたしの部屋に行った。

部屋に入るとすぐに、ステラは窓《まど》のそばの壁《かべ》に駆《か》けより、額《がく》に入れて飾《かざ》ってあるジグソーパズルの作品をひとつひとつみてまわった。それぞれちがう表情を浮《う》かべ、それぞれちがうオノマトペをあげながら。

そんな彼女《かのじょ》は、いつにも増してステラっぽかった。いつにも増して「ハッ！」や「おっ！」や「ワォ！」の声があがり、最大級の驚《おどろ》きをあらわす「オララ！」まで登場した。

もちろん、想定内の質問も飛んできた。

「完成した作品はぜんぶ、ピースが何個か欠けてるけど、なんで？　最後の最後で息切れしちゃった？」

わたしは、これまでだれにも言おうとしなかったその理由を明かした。

「このほうがきれいかなって思ったの……、もっとリアルな感じがするって言ったらいいのかな……。謎《なぞ》の部分をかかえてて、完成されてないっていうところが、なんだか自分に似てる気がして」

「あっ、なるほど、そうだよね……」

それからステラは考えこむようなまなざしで、飾《かざ》ってある作品のすべてにさっと視線《しせん》をめぐらせた。

ステラがなにかをたくらんでいる気がした。なにしろずいぶん長いこと黙《だま》りこくっている。ってことは、ステラにも一応、鯉《コイ》っぽいところはあるらしい……。

ようやくステラが口をひらいた。

「大きいやつを組み立てるのにかかる時間って、どんくらい？」

「ものによるけど……、最短記録は、一〇〇〇ピースで六時間ってとこかな」

「えっ、それ、めっちゃすごいよ。びっくり」

「そうかな……」

「**ああっ**、ちょっとナルトじゃない！」

ステラは机《つくえ》の上にある組み立て中の〈ナルト〉のジグソーパズルに気がついた。そして、机《つくえ》まですっ飛んでいくと、さわってもいいかときいてきたので誘《さそ》ってみた。

「じつはね、最後のサスケの部分をステラといっしょに組み立てようかなって思ってたんだ。ステラさえよければ」

「あたしさえよければ？　いいに決まってるよ！　ありがとう、エリーズ！」

ステラが首根っこに抱《だ》きついてきた。

わたしはパズルの組み方を落ち着いた口調で説明した。なぜなら生まれてこのかた、ステラはジグソーパズルで遊んだことがなかったから……。

「あっ、でも、赤ちゃんだったころはわたしもでっかいパズルで遊んだけどね」ステラはあわてて言い足した。

数分後、わたしたちは作業の進め方について一致《いっち》した。わたしが残りのピースの山からサスケのパーツをみつけだし、ステラがそれらをひとつひとつ、わたしの指示にしたがって正しい場所に置いていくのだ。ステラは優秀《ゆうしゅう》なアシスタントで、大好きなサスケが少しずつかたちづくられていくのをみて大よろこびした。

作業を終えたとき、たっぷり一時間が過ぎていた。

ステラはできあがった作品を高いところからみおろそうと、椅子《いす》の上に立った。そして何度も繰《く》り返した。「サスケって、カッコいい！　あっ、もう、ほんとにほんとにカッコいい!!」

そこでわたしは、ノリづけしたあと額《がく》に入れて、誕生日《たんじょうび》にプレゼントすると約束した。するとステラの目に涙《なみだ》が浮《う》かんだ。友だちから誕生日《たんじょうび》のプレゼントをもらうのは初めてだったから。

ステラの目から涙《なみだ》があふれでた。

「あたしも、あたしも……、エリーズの誕生日《たんじょうび》になんか贈《おく》るね……、ぶきっちょだけど、エリーズのためになんかつくりたい」

ステラはわたしのために、すでにたくさんのことをしてくれたよ、とわたしは思った。ステラのおかげで、わたしの世界は広がった……。

「あれ、あの箱はなに？」

いつものように、ステラはとうとつに話を変えた。部屋にあるたったひとつの棚《たな》に置かれたカクレクマノミのジグソーパズルの箱に気づいたのだ。

「あたし、カクレクマノミ、大好きなんだ！　これもいっしょにつくりたいな！」

「それはだめ」わたしは即座《そくざ》に言った。

わたしのぴしゃりとした口調に、ステラのよろこびが吹《ふ》き飛んだのがわかった。これじゃ、パパとおんなじだ、結局、大蛇丸《オロチまる》に乗っとられているのはパパだけじゃなかったのかもしれない……。ステラは〝あ〟の表情をつくり、その仮面の後ろに逃《に》げこんだ。わたしのせいですっかり傷《きず》ついていた。

わたしはゆっくり深呼吸《しんこきゅう》したあと、説明した。

「これはママからもらった最後のプレゼントなの……。だから、このパズルは、わたしだけのものにしておきたいんだ。わかってくれる？」

ステラの顔から〝あ〟が消えた。そして、すぐに舞《ま》いあがったり落ちこんだり、ちょっと子どもっぽいところがあるのに、ステラはここでもまたすごく深いセリフを口にした。

「エリーズの気持ちはもちろんわかるよ。だってこれは、お母さんとエリーズのつながりを示す、かたちのある最後のものだもの。これにはさわらないから、心配しないで。でも、みることができてよかった」

そう言ってステラはほほえんだ。

タイミングよくパパがわたしたちを呼《よ》んだ。なぜタイミングがよかったのかと言えば、このことについてはもうこれ以上、なんと言ったらいいのかわからなかったから。わたしが部屋の電気を消す前にステラは最後にもう一度、さっと壁《かべ》のほうに目をやり、二本の指であごをかいて考えこむようなポーズになった。まちがいない、ステラはなにかをたくらんでいる。そう確信しながら、わたしはステラといっしょに階段《かいだん》を下りた。

おばあちゃんはかなり不安げだった。ギョーザのクオリティについてプレッシャーを感じていたんだと思う。

パパがおばあちゃんの手伝いをしようと提案した。

「ソノカさんがね、ギョーザの具と皮をつくってくれたんだ。それでステラ、もしよかったら、みんなでいっしょに具をつつまないか？　これをさ、家族いっしょによくやるんだよ……日本では」

それをきいたステラは、パパに向かってむかしのおじょうさまがやっていたおじぎをした。つまり片方《かたほう》の脚《あし》をななめ後ろに引き、もう片方《かたほう》のひざを曲げ、想像上のドレスのすそを左右に引っぱりながらぺこりと頭を下げたのだ。そして、うやうやしく返事した。

「お手伝いできますこと、大変光栄です」

それからおばあちゃんのほうに向き直り、想像上のドレスのすそをさらにぐんと左右に引っぱりながらおじぎをして、言いそえた。

「イタダキマス」[*2]

これ以上ないおごそかな口調で。

おばあちゃんは赤くなって目をふせた。そしてギョーザの具のつつみ方を日本語で説明しはじめたので、わたしがそれを順ぐりに通訳《つうやく》した。

結論《けつろん》から言おう。ステラは目もあてられないほど不器用だった。それについては、断言できる！

ステラが担当《たんとう》した十個のギョーザのうち、五個は明らかな失敗、三個がぎりぎりセーフで、一個だけがまあまあだった。そして最後の一個は床《ゆか》に落ち、**しかも**自分の足でふんづけてしまったせいで、そのままごみ箱行きになった。そのいっぽうでステラはいつものように、びっくりするくらい明るい雰囲気《ふんいき》をもたらしてくれた。ほんの数分いっしょにいただけで、おばあちゃんはステラの性格ととっぴさを受けいれた。パパもステラを好ましく思っているみたいだった。家のなかの空気は、かつてなかったほどはつらつとしたものになった。ステラのぶきっちょさにみんなが笑い、彼女《かのじょ》が誇《ほこ》らしげにならべたビミョーな出来《でき》のギョーザに拍手《はくしゅ》した……。わたしの目からみて、パパが楽しそうなふりをしているようにはみえず、その晩《ばん》のパパはほんものだった。キッチンに飾《かざ》ってある写真のなかからママがわたしたちを見守ってくれているにちがいないと思い、わたしはうれしかった。

デザートに移るちょっと前、パパはステラにふだんどんな生活を送っているのかたずねたあと、なんと、〈ナルト〉に関して自分の意見を述べはじめた……。ステラは、〈ナルト〉について熱く語れる相手がみつかったこのチャンスに飛びつき、いきなり直球を投げつけた。

「ところで、おじさん、大蛇丸《オロチまる》のこと、どう思いますか？」

パパはしばらく間《ま》を置き、じっと考えてからうなずいた。

「たしかに、あれはあなどれない強敵《きょうてき》だ……。でも、打ち負かせられないわけじゃない。ネタばらしはしたくないから、どうなるか、結末は自分たちでたしかめてね」

「結末なら、あたし、もう知ってます」ステラは鼻高々《はなたかだか》で言った。

食事の最後のほうは、もっと静かで落ち着いたムードになった。おばあちゃんがそっとパチパチまばたきし、あくびをしはじめた。食事はボリュームたっぷりで、みんな、おなかいっぱいだった。

みんなでさっと後片《あとかた》づけをすませたあと、おばあちゃんが食後のお茶を出してくれた。

「これはほうじ茶といって、日本では夕食のあとによく飲むお茶ですよ」

わたしたちは心地よい沈黙《ちんもく》にひたりながら、ほうじ茶を飲んだ。

わたしは、ちびちびお茶を飲んでいるステラをみながら、彼女《かのじょ》がまだなにかをたくらんでいるような気がしてならなかった。なにかとんでもない計画を。それはわたしの部屋の壁《かべ》に飾《かざ》ってあるジグソーパズルを目にしたときからのことで、その計画はとてつもなく強《きょう》烈《れつ》なものなのではないかと不安だった。

「あの、おじさん」

「なんだい？」

「おじさんが知らないはずないよね。エリーズがジグソーパズルの達人で、部屋の壁《かべ》にすごい芸術作品がいっぱい飾《かざ》ってあるのを。しかもエリーズはああしたパズルを、光の速さで組み立ててる……」

えっ？　わたしはびっくりした。ステラはいったいなにを言いだすつもりなんだろう……。

「うん、もちろん知ってるさ。なにしろぼくの娘《むすめ》だもの……」

「で、あたし、思ったんだけど……」

ステラはポケットから携帯《けいたい》電話を取りだすと、顔をしかめながら画面をいそいそとタップし、そして……。

「あっ、これこれ！」

検索《けんさく》結果をパパの鼻先に誇《ほこ》らしげにつきだした。

おばあちゃんはなぜ急にステラが興奮《こうふん》しはじめたのかさっぱりわからず（夜のお茶はふつう、就寝前《しゅうしんまえ》の静かな雰囲気《ふんいき》のなかで飲むものだ）、だれかが通訳《つうやく》してくれるのを待っていた。

ステラは声をはずませながら、ついに計画を明らかにした。

「エリーズは、ジグソーパズル・フランス大会の地方予選に出るべきだって思うんだ！　**ジュニアの部**に！」

ステラは世紀の大ニュースを伝えるみたいに、「ジュニアの部」と大声で叫《さけ》んだ。けれどもなぜそこだけ大声になったのか、その理由はだれにもわからず、〝この子はそういう子だから〟で片《かた》づけられることになる……。

ステラの提案をきいて、わたしはあ然とした。まさかジグソーパズルに競技会があるなんて……。ステラったら、またひとりでわけのわからないことを言っちゃって、だれも相手にするわけがない……。

ところがどっこい。


パパは目をみひらくと、わたしをみて、天井をみて、携帯《けいたい》電話をみて、それからおばあちゃんに通訳《つうやく》した。おばあちゃんは手をたたき、「あら、いいじゃないですか」と言った。

というわけで、あっというまにパパとおばあちゃんとステラは三人で、フランス・ジグソーパズル連盟《れんめい》のサイトを通じてわたしを〝**ジュニアの部**〟に登録しはじめた。

地方予選は毎年うちの近く、ここから八十キロ離《はな》れた大きな町で行われていた。

「次の予選会は来年四月の開催《かいさい》だから、トレーニングする時間はばっちりあるよ」ステラは、なんでもないことのようにさらりと言ってのけた。

パパはクレジットカードの情報を入力するときになって初めて（登録するのにお金がかかるのだ）、ようやくわたしにたずねてきた。

「どう、やる気はあるか、エリーズ？」ぼくは大賛成だし、勝つチャンスはじゅうぶんあると思うな」

「とってもいいことだと思いますよ！」おばあちゃんが日本語でそっとやさしく後押《あとお》しした。

はたしてわたしはそうした場に出てスポットライトを浴びたいんだろうか？　競技会に挑戦《ちょうせん》したいんだろうか？　そもそも競技会に出られるほどの腕前《うでまえ》なのだろうか？　ママがいたら、わたしの背中《せなか》を押《お》すだろうか？　いやいや、こういうのはわたしらしくない、こんなことをして、いったいなにになるんだろう……。

わたしの迷いをみてとったにちがいない、ステラが両手でわたしの腕《うで》をつかみ、早口で言った。

「大事なのは挑戦《ちょうせん》することだよ、基本のキだって！　人生には大きな挑戦《ちょうせん》が必要なんだ！　自分が持ってる特別な才能をいかさなきゃ！　せっかくの才能を埋《う》もれさせちゃダメ、自分の部屋のなかに閉《と》じこめちゃダメ。才能を解き放ち、かがやかせるんだ！　サスケの超《ちょう》強力《きょうりょく》な火の玉みたいに！　あたしが……あたしがサポートするよ！　いっつもそばにいるよ！　アシスタントになって、冷たい水でしぼったタオルで顔をふいてあげるよ。観客席からエリーズの名前を叫《さけ》んで、幸運を呼《よ》びこんであげるよ。そうだ、あれだ、あれ、マラカス持ってくから‼」

そしてステラは、しゃかしゃかマラカスをふるふりをしながら、みょうちくりんなダンスを踊《おど》りはじめた。顔を〝V〟の字にして。〝V〟はたぶん、勝利《ヴィクトリー》の〝V〟だろう……。

ステラがあまりにも積極的だったので、こばむのはむずかしかった。

わたしはパパをみた。

パパも本気でワクワクした顔をしていた。ワクワクしているふりをしているんじゃなくて。

わたしは降参《こうさん》した。

「マラカスはもういいよ、ステラ！　わかった、わかった、イキマショー！[*3]」

ステラとおばあちゃんがこぶしをつきあげながら、「イキマショー」と声をあわせて叫《さけ》んだ。

それからわたしたちは、このびっくり仰天《ぎょうてん》の思いつきにそれぞれ頭がぼうっとなりながらベッドに入った。

眠《ねむ》りについたとき、わたしの頭のなかには地方予選で優勝《ゆうしょう》する自分の姿《すがた》が浮《う》かんでいた。

夢のなかではママが観客席にいて、ギョーザの雨が降《ふ》りそそぐなか、「エリーズはわたしの誇《ほこ》りですよ」とささやいていた。

＊1　「イチバン、ジャパン」は日本を訪《おとず》れる欧米《おうべい》の観光客が使うお決まりの表現で、「日本サイコー」、あるいは「日本バンザイ」をたどたどしく言う言葉だ。ママは自分の祖国を訪《おとず》れた人たちがでたらめに使うこの言いまわしを少しバカにしていた。それでも〈イチバン、エリーズ〉という曲をつくり、コンサートでよく演奏《えんそう》していたことをおぼえている。

＊2　「イタダキマス」は欧米人《おうべいじん》がよく意味をまちがえて、「めしあがれ」のかわりに使ってしまう表現だ。でもステラはここでは正しい意味で使っている。というのも文字どおりにとらえると、「いただきます」は「受けとります」のへりくだった言い方だから。ところで日本人は「いただきます」と言いながら、想像上のドレスのすそを左右に引っぱっておじぎはしない。一般的《いっぱんてき》には、両手をあわせるだけだ。

＊3　「イキマショー」は、「さあ、行くぞ！」とか「やるぞ！」といった、元気を出すために使う明るいかけ声だ。ママはよく、わたしを車に乗せて楽しい場所に連れていくときに使っていた。「さ

あ、公園にイキマショー！」「お菓子《かし》を買いにパン屋さんにイキマショー！」「町に映画《えいが》をみにイキマショー！」といった具合に。

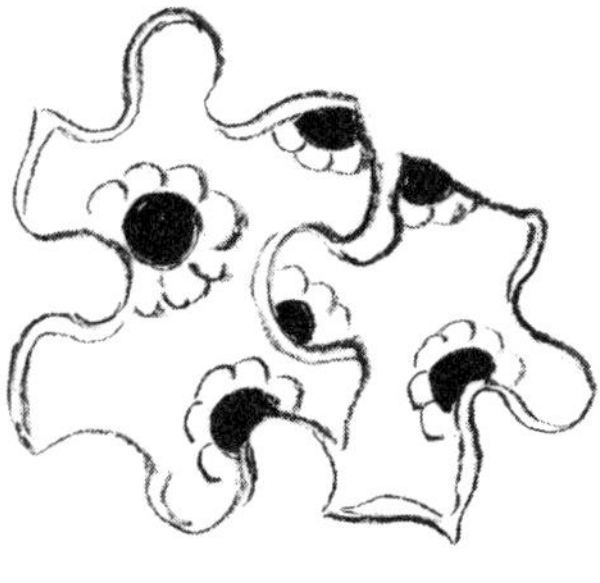

22 〝さようなら〟とは言わない

翌日《よくじつ》の十一時、ステラの両親がむかえに来た。ふたりともニコニコだったので、きのう、とても楽しいひとときを過ごしたんだろうな、とわたしは思った。

ステラは両親といっしょに車に乗りこむ前に、玄関《げんかん》の戸口でわたしを抱《だ》きしめた。

「ほんと、サイコーに楽しかった！」

そのとおり、ほんと、サイコーに楽しかった。でも、わたしは語り草になるくらいのはずかしがり屋だから、自分の気持ちをストレートに伝えることができなかった。

「それにいまやあたしたちには、新たな目標がある！　競技会に出るっていう目標が！」

ステラはそう声をはずませると、例のマラカスをふった。

「うん、うん、そうだね」

パパが近づいてきた。

「それじゃ、ステラ。遊びに来てくれて……楽しかったよ」

「ありがとう、おじさん」

おばあちゃんが手をふって「バイバイ」とやさしく声をかけると、ステラは完璧《かんぺき》なアクセントで「さようなら」と応じた。

するとおばあちゃんが日本語で短く説明したので、わたしがそれをフランス語に通訳《つうやく》した。

「この場合は、〝さようなら〟とは言わないかも、だって」

「え、ほんと？」

「うん。〝さようなら〟っていうのはね、それほど親しくない人やもう会うことのない人に言ったりする、ていねいだけどちょっとよそよそしい感じがするあいさつなんだ。だからおばあちゃんはステラには、〝またね〟って言ってる。フランス語の〝また近いうちに《ア・ビアント》〟にあたる言葉だよ。だっておばあちゃんは、またすぐにステラに会いたいって思ってるから。なんなら日本ででも……」

この説明にステラは感激《かんげき》し、ぴょんぴょんとびはねた。頭のネジがはずれてしまったみたいなよろこびようだった。手をふって、「マタネ！　マタネ！」と顔をくしゃくしゃにして何度も何度も繰《く》り返すと、玄関《げんかん》のドアと両親の車までの十五メートルを、プロのチアリーダーみたいにするすると後ずさっていった。両手を空中に上げたまま、後ろをふり返ることも、つまずくこともなく。なかなかのパフォーマンスだった。

背中《せなか》がドンと車のドアにぶつかると、ステラはわたしにウィンクし、これってほんとに現実のことなのかな、とたしかめようとするみたいに自分のほっぺたをつねった。それから車に乗りこんで去っていった。

パパとおばあちゃんとわたしは、しばらく呆然《ぼうぜん》としていた。みんな、ぽっかり穴《あな》があいたような不思議な感覚におそわれていたんだと思う。ちょっとものさびしい沈黙《ちんもく》が流れた。

最初に口をひらいたのはパパだ。

「それにしても、竜巻《たつまき》みたいな子だったな……」

ヤバい、もしかしてパパはステラのこと、苦手だったのかな？

「……でも、ぼくは好きだな、あの子。それに、〈ドラゴンボール〉のこともよく知ってるし……」

これをきいて、はずかしがり屋で知られるこのわたしも、思わずパパの腕《うで》のなかに飛びこんだ。パパは、わたしの頭のてっぺんをかかえてやさしく髪《かみ》をなでてくれた。パパがステラを気に入った！　わたしの親友は分厚いよろいをすり抜《ぬ》けて、パパの心をつかんだんだ！　わたしは世界一しあわせな女の子だった。おばあちゃんもハグに加わり、わたしたちの背中《せなか》をやさしく「よし、よし」とたたいた。そして最後の「よし」のあとに、「荷づくりして、ピアノがある部屋を片《かた》づけなくっちゃ」と言った。おばあちゃんは翌朝《よくあさ》、飛行機に乗って日本に帰ることになっていた。

わたしは頭がくらくらした。

おばあちゃんが行ってしまう……。それは〝世界の終わり〟が舞《ま》いもどってくることを意味するんだろうか？

気持ちがくじけないように、わたしはおばあちゃんがうちにいるあいだにやりとげようとしていたことに集中することにした。美術の課題を完成させて、おばあちゃんにみせるのだ。

だって作品のアイディアをくれたのは、おばあちゃんだったから。

午後は夢中で作品づくりにいそしんだ。自分の部屋に閉《と》じこもり、色鉛筆《いろえんぴつ》や紙切れやノリや接着剤《せっちゃくざい》にかこまれているわたしは、ほんものの**アーティスト**みたいだった。作品は夕食のちょっと前に完成した。わたしは作品をかかえて部屋を出て、階段《かいだん》を下りた。

ピアノがある部屋に行くと、おばあちゃんがちょうどスーツケースのふたを閉《し》めたところだった。

「おばあちゃん、みて……」

「うん？　これはなに？　ケーキ？」

わたしはドドノン先生の元恋人《もとこいびと》が残していった二十八枚《まい》のトランプのカードを使って、組み立て菓子《ピエスモンテ》、つまりウェディングケーキのようなものをこしらえていた。

トランプのカードはそれぞれがたがいにノリづけされ、三段《だん》のケーキみたいに組み立てられていた。ケーキの全体は厚紙でつくった骨組《ほねぐ》みで支えられていて、その骨組《ほねぐ》みにわたしはいろいろな文章を書きしるした。《おばあちゃんは家のなかにミカンの入った小鉢《こばち》を置いた。／おばあちゃんはお父さんを傘《かさ》でたたいた。／おばあちゃんはよくお母さんの話をしてくれる。／おばあちゃんはお線香をたいた。／おばあちゃんはお父さんに涙《なみだ》を流させた。／おばあちゃんは家でわたしたちと日本語を話す。》

もちろん、書いた文章はすべておばあちゃんのために日本語に訳《やく》した。そして作品の背《はい》景《けい》を理解してもらうために、かいつまんで説明した。

「おばあちゃんは過去のシンボルで、それがわたしの現在のなにかを完璧《かんぺき》以上のものにしたんだよ」

そのあと、おばあちゃんが帰ってしまうのがさびしいと言って、ほとんど泣きそうになった。

おばあちゃんはわたしを胸《むね》に抱《だ》きしめた。そして、「このお別れは〝さようなら〟じゃなくて、〝またね〟だね」と言った。「京都に遊びに来てちょうだい」とも、「お父さんかられたなしのつぶてになってしまったら、来年、もう一本べつの傘《かさ》でお父さんをパシパシたたきに戻《もど》ってくる」とも、「ピアノを直すよう、お父さんにはっぱをかける」とも。

「お父さんはね、ピアノを直さないとだめなの、エリーズ。わかる？　これはとても大事なことなのよ」

「でも、パパはもう調律《ちょうりつ》の仕事はしてないよ」

「ええ、そうね……。でも、その腕前《うでまえ》はある。お父さんならまだやれるはず。やらなければならないの、お父さん自身のために。エリーズのために、あなたのお母さんのために。お願い、わたしが帰ったあとも、お父さんにピアノを直しなさいって言いつづけてくれる？」

わたしはわかったと答えた。けれども、それはそうするのが礼儀《れいぎ》だったからで、心のなかでは、そんなこと絶対むりだとほとんど自信を持って断言できた。

ちょうどそのとき、パパがわたしたちを呼《よ》んだ。いっしょに食べる最後の夕食はピザだった。

「見せてもらったこのケーキ、京都に持って帰ってもいいのかしら？」

そうたずねたおばあちゃんは、わたしの返事に驚《おどろ》くことになった。

「ううん、だめなんだ、ごめんね。まず美術の先生にみせて、先生をなぐさめてあげなきゃならないから。でも、いい点取ったら、報告するね」

そしてわたしたちは、食卓《しょくたく》にいるパパのところに向かった。

23 完璧《かんぺき》以上の現在

次の日の月曜の朝、目を覚ますと、おばあちゃんとパパは空港に行くためすでに家を出たあとだった。

前の晩《ばん》、おばあちゃんと最後のお別れをしたときは、胸《むね》がつぶれそうだった。おばあちゃんはプレゼントにジグソーパズルをくれた。タイトルは〈天文台〉、七五九ピース。ベッドに入る前にわたしはおばあちゃんを抱《だ》きしめた。この場合は〝さようなら〟じゃないよね、〝さようなら〟とは言わないよね？　と胸《むね》のなかでつぶやきながら。

いちばんの心配は、おばあちゃんがいなくなっても、パパのよろいにひびを入れたおばあちゃんのパワーは持続するのか、このままどんどんよろいをもろくしてくれるのか、ということだった。二週間前に逆戻《ぎゃくもど》りするんじゃないかと不安でたまらなかった。タマネギのタルトと氷のような沈黙《ちんもく》に逆戻《ぎゃくもど》りするじゃないか、と。

でもとりあえず、失恋《しつれん》して落ちこんでいるドドノン先生に作品をみせることが先だった。

授業にあらわれたドドノン先生は、全身黒ずくめだった。くまができ、はれあがった目を隠《かく》すため、大きなサングラスをかけていた。それでも先生は美術室に入るとき、さりげなくサングラスをずりさげた。まぶたの下から大量の涙《なみだ》が流れでたことを、わたしたちにアピールするために。

「これは長い戦いの始まりなのです」と先生は言った。「わたくしと悲しみとの戦いの……。そして正直に言いますと、きょうの時点では……どちらが勝利をおさめるのか、定かではありません……」

それから先生は自分の席に座《すわ》り、たぶん暗い思いをふり払《はら》うためだろう、秘密《ひみつ》のおまじないをするように顔をさっとなで、こうまとめた。

「けれども、あなた方の作品がことによると、天秤《てんびん》をどちらかにかたむけてくれるのかもしれません。天秤《てんびん》の片方《かたほう》にはわたくしにとって善《ぜん》となるものが、そしてもう片方《かたほう》にはわたくしにとって……**悪**となるものがのっています」

先生は〝悪〟という言葉を強調し、これから先生に披露《ひろう》する作品がどれだけ大きな意味を持つのか、みんなにわからせようとした。

「トップバッターをつとめたい人はいますか？」

わたしはさっと手を挙げた。

このわたし、エリーズが手を挙げたのだ。発言なんかしたことのない、地味で物静かな生徒が。学校一落ち着きのない生徒といつもいっしょにいる、まるで目立たない女の子が。

決して前に出ようとしないおとなしい女の子が、まっ先に手を挙げてみんなの前で発表しようとしていた。

ドドノン先生でさえも、わたしのこのきっぱりとした態度に驚《おどろ》いていたと思う。

先生は三回まばたきし、髪《かみ》を後ろにさっと払《はら》い、両手で紫色《むらさきいろ》のインクの万年筆を握《にぎ》ると、永遠に続くかと思うほど長々《ながなが》と大きく深く息を吸《す》った……。そのあとようやく、わたしのお気に入りのドドノン先生はわたしに、教卓《きょうたく》のところに出てきて作品をみせながらプレゼンテーションをするよう命じた。

わたしは前に出て説明を始めた。

「これは、先生の元恋人《もとこいびと》のダニエラさんが残していったトランプでつくったケーキです。このトランプにあるなにかが、わたしにおばあちゃんのことを連想させました。それというのも、このトランプがボロボロですりきれていて……はっきり言えば、年老いていたからです。それに四枚《まい》、欠けていました。いつか欠けてしまうだろう、わたしのおばあちゃんの歯のように」

ドドノン先生はうなずき、わたしの説明に全面的に同意した。

「このトランプのカードが、つまりこの過去を象徴《しょうちょう》するものが忘《わす》れ去られてしまうことを防ぐいちばんの方法は、それを美しい思い出の品に変えることです。善《ぜん》の思い出に。わたしの記憶《きおく》から消えずにずっと永遠に残るものに。わたしの心と、わたしの頭に残るものに」

サングラスの向こうで、ドドノン先生の目が心からの涙《なみだ》でうるんでいた。先生はそっとさりげなく自分の髪《かみ》をなでた。しかられてちょっとすねている小さな女の子がするようなしぐさで。

「おばあちゃんはけさ、日本に帰るため飛行機に乗りました。おばあちゃんは日本で暮《く》らしてるんです。わたしの一部は、日本から来ました。今度いつ、おばあちゃんに会えるかわかりません……。でも、わたしはこのもろくてありふれたトランプを、美しくて楽しいものにするために時間をかけました。希望とよろこびをあたえるもの、つまりケーキをつくりだすために」

ドドノン先生はくちびるをかむと、まるで初めて会う人をみるような新鮮《しんせん》なまなざしでわたしをながめた。

「ケーキのそれぞれのパーツに、わたしは思い出を書きしるしました。おばあちゃんと過ごしたわたしにとって意味のある瞬間《しゅんかん》や、おばあちゃんがわたしの家にいた時間や、わたしたちといっしょにいたおばあちゃんの存在《そんざい》を完璧《かんぺき》なものにしたなにかについて書いたんです。完璧《かんぺき》以上のものにさえしたなにかについて」

それからわたしは、書きつづった文章をみんなの前で読みあげた。

読み終えると、催眠術《さいみんじゅつ》から覚めたような気がした。

わたしはいま、いったいだれに語りかけていたんだろう？　ドドノン先生？　クラスメイトたち？　それともわたし自身？

とにかくステラが手をたたき、それを合図にクラスのみんなが突然拍手《とつぜんはくしゅ》しはじめた。それは授業中、いつもは絶対に発言しないわたしが真っ先に発表したことをたたえたかったからではなく、たぶん……感動したからなんじゃないかと思う。

ドドノン先生はマスカラで黒くなった涙《なみだ》を手の甲《こう》でぬぐうと、わたしの点数を華々《はなばな》しく告げるためにもう一度深々《ふかぶか》と息を吸《す》い……考え直した。

先生はわたしのほうに身をかたむけた。そして、やさしく、とてもやさしく、大げさな言葉をひとつも使わないでそっと語りかけた。

「エリーズ、あなたの発表はとってもすてきでした。そしてトランプのカードとこのケーキにあなたがこめた意味はほんとうにすばらしくて、……あなたの年齢《ねんれい》の女の子としては、知性にあふれていました」

それから先生はクラスのみんなのほうに顔を向けた。そして一回パチリとまばたきしていつものドドノン先生に戻《もど》り、狼《おおかみ》がうようよいる闘技場《とうぎじょう》のまんなかに悠然《ゆうぜん》と降《お》り立った剣闘士《けんとうし》のような勇ましさで、高らかに宣言《せんげん》した。

「十八点!!!」

闘技場《とうぎじょう》の観客席からクラスメイトたちの勝利のおたけびがひびいてきた。

うずまく歓声《かんせい》のなかからわたしは、「イェーイ」や「ヒュー」の叫《さけ》びをきとった。「エリーズはチャンピオン！」というかけ声も。わたしは美術の授業で二十点満点中、十八点を取った。

けれども、クラスじゅうが興奮《こうふん》にわいたあと、ちょっとした困惑《こんわく》が待っていた。わたしが教卓《きょうたく》の上に置いてある自分の作品を回収《かいしゅう》しようとしたら、先生に阻止《そし》されたのだ。

派手《はで》にはばまれたわけではない。でも先生は、わたしが作品に手をのばしかけると、教《きょう》卓《たく》の中央に作品をなにげなくすっと押《お》しやった。

そしてかすかにほほえみを浮《う》かべながら、悲しみをたたえた目をわたしに向けた。その目はこう訴《うった》えていた——「わたくしにはこの作品が必要です。どうしても必要です。だってわたくしは、ダニエラに去られてしまったのですからね！」

そのとき、わたしたちはみんな悟《さと》った。先生は生徒たちから意味のあるプレゼントを本気でささげてもらおうとしているのだ、そして自分たちがつくった作品は、永遠に先生のものになるのだ、と。

わたしたちは、驚《おどろ》きととまどいにおそわれた。

放課後、月曜だったにもかかわらず、ステラの家には行かなかった。わたしは不安でたまらなかった。

状況《じょうきょう》を整理する必要があった。ひとりきりで。

自分ひとりで。とはいえ、カクレクマノミのジグソーパズルを前にして。

家のなかにはあいかわらず、新鮮《しんせん》なミカンをもった小鉢《こばち》が置いてあった。お線香のにおいも静かに空中をただよっていた。おばあちゃんは朝、家を出る前、お線香を何本かたいていった。お線香の煙《けむり》のうずが、不思議な力で家をつつみ、わたしたちを守ってくれているみたいだった。わたしは煙《けむり》がもうもうとたちこめ、窓《まど》をぜんぶあけなければならなかった日のことを思いだしてクスッとした。

パパはまだ仕事から帰っていなかった。

いまのところはうまくいっている。

六匹《ぴき》の魚が入っている厚紙の箱をあけながら、わたしはずっと自分自身に言いきかせていた――**もうおばあちゃんはいないけれど、いまのところはだいじょうぶ、うまくいっている……。**

24 なんにも変わらないけれど、どんどん悪化

でもすぐに、なにもかもがうまくいかなくなった。

おばあちゃんとステラのパワーを組みあわせてこの二週間攻勢《こうせい》をかけたことで、大蛇丸《オロチまる》を撃退《げきたい》できたのではないか、と期待していたわたしは甘《あま》かった。

実際には、大蛇丸《オロチまる》に、つまりパパの目のなかにいるイキモノに、いっぱい食わされただけだった。

イキモノは反撃《はんげき》されていることを感じとり、パパへの圧力をゆるめた。けれども決して戦いをやめたわけではなかった。暗闇《くらやみ》に引っこんでパワーの回復を図りながら、復活のときを待っていた。ただそれだけだったのだ。

なのに勝利を信じたわたしは、ほんとうにバカだった。

大蛇丸《オロチまる》がふたたびパパを支配するのに、数日しかかからなかった。

そのことを最初に感じさせたのは、家のなかのあちこちに散らばるぼんやりとした手が

かりだった。消えてしまったお線香のにおい。ピアノがある部屋の、ふたたび鍵《かぎ》がかかってしまったドア。そのことをめぐるちょっとしたやりとり（パパ、ドアに鍵《かぎ》かけたんだ？――えっ、そう？　ごめん、気づかなかった――べつにいいの、きょう、あそこでジグソーパズルをしたいなって思っただけだから）……。

野菜カゴにタマネギが戻《もど》ってきた。そうだよね、当然そうなるよね。最初は一個だけ。それはポイとなにげなくカゴに入れられた。それから二個。タマネギはすぐに足りなくなるから。それから三個、そして七個……。額《がく》に入ったママの写真は、数センチずつじりじりテーブルのはしっこに追いやられていった。写真をながめながらパパの口から何度かいら立ちのため息がもれ、言葉が空中に吐《は》き捨《す》てられた。「これ、じゃまだなあ、ホコリもかぶるし……」

そしてもちろん、ミカンをうっとうしがる言葉も飛びだした。「けさは時間がないんだ……。もうミカンなんて季節はずれじゃないのかな……。一日ぐらいなくても平気だろ、なっ？　ミカンがなくても、べつに死ぬわけじゃない、ってか、もう一度死ぬわけじゃない……」そのあと小さな笑い。それは愛も思いやりもない、ウソにまみれた皮肉の笑いだった。

あっというまに、パパと語りあったり、ママの思い出にちょっと触《ふ》れたりあるいはとっぷりひたったり、ママのためにお線香をたいてミカンを用意したりすることがなくなった。

なにもかもが以前とおなじに戻《もど》った。けれども、状況《じょうきょう》は悪くなった。そう感じるのは、とってもいい状況《じょうきょう》がどんなものなのか、わたしが知ってしまったから。

十二月のクリスマス休暇《きゅうか》を数日後にひかえたある日［フランスの学校はクリスマスの約一週間前から、約三週間休みになる］、わたしはタマネギのタルトをつくっているパパの姿《すがた》をふたたび目にした。パパはもう、ほとんど泣いていなかった。

それでももちろん、ほんの少しは涙《なみだ》が流れていた。タマネギは、どうしたって涙《なみだ》を誘《さそ》う。でもパパからは、「もう二度と泣かされるものか」という強い覚悟《かくご》が感じられた。パパは、「じきに二度と泣かない人間になってやる」と自分自身に約束しながら泣いていた。

「どっちにせよ、スミレのために泣くなんて、涙《なみだ》のムダづかいだよ……」

パパの目のなかにいるイキモノは、ぐずぐずしたりしなかった。おばあちゃんが帰るとすぐに新しいよろいをつくりだし、そしてそれは前のものに輪をかけて分厚かった。

わたしはと言えば、授業中はもう、いないも同然だった。もう手を挙げることはなかった。エリーズがチャンピオンだったときは過ぎ去った。地味でまるで目立たない生徒に戻《もど》った。わたしは何度もえんえんとカクレクマノミのジグソーパズルを組み立てながら、無関心という殻《から》に閉《と》じこもって毎日をやりすごした。

クリスマス休暇《きゅうか》の最初の週末、わたしは不思議な夢をみた。

わたしの部屋に何者かが忍《しの》びこんでくる夢だった。それはヘビが床《ゆか》をすべるようなシュルシュルというかすかな音を立てながら、わたしのベッドに入ってきた。大蛇丸《オロチまる》だった。大蛇丸《オロチまる》が、つまりあのイキモノがパパの目から抜《ぬ》けだして、今度はわたしのところにいた。イキモノはわたしの耳もとで語りかけた。甘《あま》い声で、おせっかいな問いをささやいた。

「お母さんが死んでしまった以上、きみはね、生き残ってるほうの親を大事にしなきゃならないんじゃないの？　きみのお父さんはお母さんのせいで具合が悪い。お父さんを元気にする方法は、きみがお母さんとのつながりを完全に断ちきることじゃないのかな？　たとえばさ、毎日このカクレクマノミのジグソーパズルで遊ぶの、やめようよ。捨《す》てられるよね？　手放せられるよね？……」

「手放すって、なにを？」わたしは思わずたずねていた。

「あの質問だよ。あの質問、手放そうよ。あの質問の答えを探《さが》すの、やめようよ。きみが口に出さないからといって、きみが知りたがってるのをお父さんが感じとっていないわけじゃないんだよ。お父さんはさ、打ち明けてくれたよ。お父さんのなかにすみついたこのおれに、お父さんはさ、よく打ち明け話をしてくれるんだよねえ。何度も言ってるよ、きみがあの質問の答えを待ってるのが、説明なんかないのに説明を求めてるきみの態度が、重くてたまらないって」

「わたしがあの質問をするのをあきらめたら、パパの具合はよくなるの？　もうパパのことはほっといてくれるの？」

「それはね、こっちの望むところだよ……」

イキモノがパパを解放すると言っている……。でも、なにと引きかえに？

「どうすればいいの？」

イキモノはすぐには答えず、わたしをじらした。

「目が覚めたら、あの質問をカクレクマノミのパズルの箱にしまって、ベッドの下に放り投げればいい。もう考えたくないもろもろのこといっしょにして、遠くへ、ずっと遠くへ押《お》しやればいい。そしたらこのおれが、そうしたものをすべてきれいさっぱり消し去ってあげる。絶対いい感じになるよ。お父さんはお母さんの楽譜《がくふ》とCDを埋《う》め去った。さあ、今度はきみの番さ。きみたちがふたりともお母さんの思い出を埋《う》め去ったら……おれは姿《すがた》を消すよ」

そんなかんたんなことでいいの？　言われたとおりにするだけで、わたしたちがかかえている問題がそっくりすべて解決するの？　ようやくパパが前のパパに戻《もど》ってくれるの？　もとどおりのパパになるの？

目が覚めた。

わたしはベッドを出ると、壁《かべ》にしつらえてある小さな棚《たな》のほうへふらふらと向かった。そしてママがくれたジグソーパズルの箱を手に取り、ふたをあけて、箱のなかにあの質問をつぶやいた。それから急いでふたを閉《し》めた。そして、箱をベッドの下に放り投げようと腕《うで》に力をこめた瞬間《しゅんかん》……。

机《つくえ》の上に置いてあるジグソーパズルの完成品が目に入った。ステラといっしょに組み立てた〈ナルト〉のパズルの完成品、数日中にステラにプレゼントするつもりのあのパズルの完成品が。

その瞬間《しゅんかん》、かすかにいやな予感がした。小さな声が、夢に出てきたヘビの言いなりになってはいけないんじゃないかとささやいた。

窓《まど》の向こうで風が木々《きぎ》をざわざわと揺《ゆ》らし、窓《まど》ガラスがもやでくもり、空中に一瞬《いっしゅん》、ミカンの香りがただよい……、わたしは思いとどまった。

カクレクマノミのパズルの箱を棚《たな》に戻《もど》すと、ベッドの下にすべてを埋《う》め去るべきかどうか、明日決めようと思った。

コーチに相談したあと決めよう、と。

25　すご腕《うで》のコーチ

わたしをジグソーパズルの競技会に参加させることを決めたおばあちゃんとのあの〝ギョーザの夕べ〟のあと、ステラはわたしのコーチになることをもうしでた。

ステラはコーチになるという思いつきを、軽い調子で口にした。金曜に学食で、グリンピースと魚のフライを口に運ぶあいまに。

魚のフライにレモンをしぼりながら、ステラはまじめくさった顔で、「あたしがエリーズのトレーニングを引き受ける。はがねのメンタルを授けてあげる」と宣言《せんげん》した。

「競技会ではね、なによりメンタルが重要なんだよ！」ステラは断言した。

その直後、しぼっていたレモンから種が飛びだして目に命中したせいで、ステラは顔面に7ミリ口径のリボルバーの弾《たま》をくらったみたいにのけぞった。そしてそのまま数秒間、無言のまま、弾丸《だんがん》を受けて殺された人みたいな感じで固まっていた。これで口のまわりにケチャップがついてたら、ステラは大よろこびだっただろう。

わたしが「だいじょうぶ？　レモンの種、痛《いた》くない？」とたずねると、ステラはわたしの顔の前にさっと手をのばした。そしてなにごともなかったかのように姿勢《しせい》を正し、さらりとクールに告げた。

「警察《けいさつ》を呼《よ》ぶにはおよばない」

それからいたずらっぽくウィンクしようとしたのだけれど、レモンの汁《しる》が目に入っていたせいで、痛《いた》そうにぐしゃっと顔をゆがめただけだった。ステラは続けた。

「要するに、はがねのメンタルを持つ方法をこのわたしが教えてあげるってことだよ、おじょうちゃん。蹴散《けち》らすためにね、**ライバルを、ひとり残らず**（ステラはなぜかときどき、こんなふうに特定の言葉を強調して叫《さけ》ぶ。学食にいるほかの子たちは、急に声のボリュームがあがったのでギクッと肩《かた》をふるわせた）。あたしが提供《ていきょう》するのは、週に二回、土曜と日曜のレッスンだ。場所はあたしんち！　そうすれば、ホームじゃない場所、慣れてる机《つくえ》から遠く離《はな》れたアウェーでトレーニングできる。ジグソーパズルはこっちで用意する。競技会で組み立てなきゃなんないピースの数はいくつだっけ？」

「五〇〇。五〇〇個のピースを組むことになってる」

「五〇〇か、了解《りょうかい》！　じゃ、おじょうちゃん、土曜日に！」

それからステラはトレイを持ち、アメリカのドラマシリーズに出てくる女子高生みたいにさっとその場を離《はな》れた。「言いたいことは言ったから、じゃ、あたし、友だちんとこに戻《もど》るね」みたいな感じで。ただしステラにはほかに友だちがいなかったので、二十秒後、わたしのいるテーブルに戻《もど》ってきてまた座《すわ》り、わたしが食べ終えるのをじっとみていた。

そんなわけで、トレーニングをするためわたしはすでに三回の週末をステラの家で過ごし、ステラが用意してくれたジグソーパズルを組み立てた。

ジグソーパズルについてステラはド素人《しろうと》で、ズブの初心者だった。身ぶり手ぶりをまじえながら、えらぶってそれっぽいアドバイスをあれこれ授けてきたけれど、どれもこれもどうでもいいものばかりで、ちっとも上達の助けにならなかった。

すぐにわたしは、アドバイスよりもできればタイムを測ってほしいと頼《たの》んだ。わたしのことを観察してほしいとも。厚紙のピースの迷路をつき進むわたしの足取りがもたつきはじめる瞬間《しゅんかん》がいつなのか、つき止めるために。ステラのするどい観察眼のおかげで、〈カップに入った子ネコ〉でトレーニングをしているとき、ついにわたしの最大の弱点が明らかになった。

「エリーズはね、完成させるのをためらっちゃうんだよ！」

「どういうこと？」

「いっつもそうなる。ラストにさしかかると、いっつもだよ。残り三〇ピースぐらいになると、ぐずぐずしはじめる。ラスト一個のピースの置き方なんてもう、スローモーションそのもの。これは競争なんだよ、おじょうちゃん！　レースなんだってば！　ゴール前の二メートルでスピードダウンしちゃだめ。最後まで全力疾走《しっそう》しなきゃ！」

ステラの言うとおりだった。ただしステラは、わたしにとってジグソーパズルを最後まで終わらせることがどれほどむずかしいかわかっていなかった。ふだんわたしにラスト一個のピースをはめてもらえるのは、カクレクマノミのパズルだけだということも。

ステラは、わたしが考えこむ表情でぼんやり宙《ちゅう》をみつめていることに気がついて、わたしを現実に引きもどした。

「もういっかいやろう！　おなじパズルをもういっかい。ただし今度はあたしもゲームに参加する。九〇パーセントできあがったら、カツを入れるためにわめくからね！　わかったかな、おじょうちゃん！」

コーチに就任《しゅうにん》してからステラがなぜわたしを〝おじょうちゃん！〟と呼《よ》ぶのか、その理由はわからなかった。わたしにわめくことが、はたしてわたしの背中《せなか》を押《お》すことにつながるのかも。それでも一応、失礼な態度を取ってはいけないと思って返事した。「はい、コーチ。イエス、コーチ。オネガイシマス、コーチ」*1

するとステラはクローゼットをあけて、なんだかよくわからないものをふたつ、みっつ取りだすと、バスルームに駆《か》けこんだ。そして三分後、黒い水着に着がえ、両手にそれぞれ五〇〇グラムの鉄アレイを持ち、首にホイッスルをぶらさげて戻《もど》ってきた。

たしかにほんもののコーチっぽくはなったけれど……びっくりした。

ステラは部屋の時計に目をやり、準備はオーケーかたずねてきた。わたしがうなずくと、時計の秒針《びょうしん》が十二のところに来るのを待って……。

「スタート！」

ステラは、片脚《かたあし》を高々《たかだか》と一五〇度の角度にまでふりあげた。いっぽうわたしは、腹《はら》ペコのハイエナのように厚紙のピースの山に飛びついた。

わたしがもう一度、大きなクリクリの目をした子ネコが入っているカップのパーツと格闘《かくとう》しているあいだ、ステラもまた死闘《しとう》を繰《く》りひろげていた！　架空《かくう》の敵《てき》たちを相手に、小さな鉄アレイをふりまわしながら。

「アッパーカット、キック、バックキック、必殺パンチ！　あたしの戦いぶりにみとれたいのはわかるよ、エリーズ。でもね、これもトレーニングの一部なんだ。なにがあってもエリーズは自分のパズルに集中しつづけなきゃならない。たとえ周囲で戦争が起こっていても！　**人類の運命は、エリーズの両肩《りょうかた》にかかってる。あたしがいまこうしてるのは、単なる時間かせぎにすぎない。あたしはね……ああっ、相手は強すぎる、いたしかたない、これでもくらえ、かめはめ波*2！」**

ステラはわたしがパズルの九〇パーセントまで到達《とうたつ》し、無意識にスピードダウンしはじめたのをみてとると、指をパチンと鳴らして架空《かくう》のみえない敵《てき》を消し去った。そして、わたしの真横に張りついた……。

「ここでスピードを落としちゃだめだぞ、おじょうちゃん！（そして、ピッとホイッスルを吹《ふ》いた）行け、行け、最後までつき進め！（ピッとホイッスルをもうひと吹《ふ》き）完成させろ、完成させせろ、**ほれ早く！**（もうひとつピッ）」

奇妙《きみょう》なことだけれど、このやかましい応援《おうえん》には効果があった。つまり、力をふるい立たせてくれた。だれかがそばにいて、パズルを完成させせろとあそこまで熱く励《はげ》まされることで……わたしは波に乗った。

この日、わたしは耳がガンガンしたけれど、〈カップに入った子ネコ〉のタイムを更新《こうしん》した。

そしてまさにその日、指先を汗《あせ》でぬらし、息を切らしながら、水着姿《みずぎすがた》のコーチ兼《けん》親友に大蛇丸《オロチまる》の夢について打ち明けた。

もちろん、そんなにかんたんではなかった。

わたしはまず、ステラに休憩《きゅうけい》を取りたいと願いでた。新記録をマークしたのはすばらしいことだと認《みと》め、わたしたちの協力関係に満足していることを伝えたうえで、それでも大切な話をしなければならないのだと切りだした。ステラの顔に不安をあらわす〝あ〟が浮《う》かんだ。「わたしたちの友情を終わりにしよう」と言われるのだと思ったにちがいない。

「わたしのママについてのことなんだけど……」

そう口にした瞬間《しゅんかん》、ステラの〝あ〟が小さな〝よ〟に変わった。小さいけれど、真剣《しんけん》な〝よ〟に。「話、きくよ、あたしがついてるよ」の心強い〝よ〟に。

わたしはパパのこと、パパが大蛇丸《オロチまる》にまだ乗っとられていることを話した。悲しみと怒《いか》りがふたたび家のなかを支配し、そのせいで息苦しくなってしまったことも。

「パパのことが心配なの。わたしは悪い子なんだよね。だって、パパの具合をよくする方法は、たぶん、わたしがママに似ているのをやめることだから。もうミカンでパパをわずらわせないようにすることだから。パパはママについて、ひと言も触《ふ》れようとしない。それがわたしとパパのあいだで取り決めたルールのひとつだから。でも、おばあちゃんがうちに来て、そうしたルールを打ちやぶってくれた。わたしはそれがパパのためになったと思ってたんだけど、おばあちゃんが帰ってしまったいま、明らかになにもかもが前より悪くなってるの」

わたしにはもうパパしかいないことや、大蛇丸《オロチまる》が取引を持ちかけてきたことも話した。わたしがママのことをきれいさっぱり消し去ったら、パパをしあわせにできると大蛇丸《オロチまる》がうけあったことも。そのためにはあの質問を箱に閉《と》じこめて、ベッドの下に永遠に埋《う》め去るだけでいいということも。

「わたし、頭が混乱《こんらん》してどうしたらいいのかわからない。つらい思いはもうたくさん……」

ステラは床《ゆか》にひざをつくと、わたしの両手を自分の手でつつみこみ、わたしの目の奥《おく》をじっとのぞきこんだ。たぶん、大蛇丸《オロチまる》が隠《かく》れていないかたしかめようとしたんだろう。

それから、とてもありふれた真実を口にした。それはわたしがいままで耳にしたことのない言葉だったけれど、あたりまえのこととして胸《むね》にずんとまっすぐにひびいた。

「エリーズ、大事なのはね、あの質問を捨《す》てることじゃないよ。エリーズのお父さんがあの質問に答えることだよ。そう思わない？」

沈黙《ちんもく》。

「だって、エリーズはそのことをずっとずっと考えつづけてる。壁《かべ》に未完成のパズルを飾《かざ》ってる。お母さんからもらったプレゼントにこだわって、身動きがとれなくなってる。それって、ただ……ただ、エリーズが答えを欲《ほ》しがってるからだよ、ちがう？　とにかくあたしだったら、あたしがエリーズだったら、答えを欲《ほ》しがるはずだ」

「でも、あいつが、大蛇丸《オロチまる》が言ったんだ……」

「エリーズはいったいいつから、アニメの悪者の言うことをきくようになったわけ？　この件について、大蛇丸《オロチまる》にとやかく言われる筋合《すじあ》いないよ！　だってこれは、エリーズとエリーズのお父さんの問題だから！　エリーズのお父さんはね、エリーズに対してあの質問に答える義務がある。だって、エリーズのお母さんのことだもの……たとえ死んでしまっても、エリーズのお母さんであることに変わりはないよね？」

わたしは**これまで一度も**、そんなふうに考えたことはなかった。**これまで一度も**、そんな言葉を耳にしたことはなかった。

ステラが正しいとわかっていた。けれども、これほど長いあいだ沈黙《ちんもく》の下に押《お》し隠《かく》してきた真実を明らかにするようパパに求める勇気が、はたしてわたしにあるんだろうか？途中《とちゅう》でパパの心をこなごなにしてしまわないで、パパをズタズタにしてしまわないで、パパの胸《むね》の奥《おく》から真実を引きだすことがわたしにできるんだろうか？

「いまの自分にそれができるのか、わたしにはわからない……」

「だいじょうぶ、できるよ、おじょうちゃん」

そしてステラは、そっとホイッスルを吹《ふ》いた。

「だってエリーズは五〇〇ピースのパズルで新記録を打ち立てたんだよ。いまならなんだってできるって！　さあ、最終決戦のときだ、敵《てき》をむかえうつ準備はできている、きみのチャクラは最大**マックス**にひらいてる！」

最後の言葉にわたしは思わず笑ってしまった。

「ねえ、ステラ……」

「ん？」

「ステラってときどき、すごくかしこくて深いこと言うよね。どうして？　人間の心についてよくわかってるっていうか……」

「ああ、それ。あたしがお世話になってる精神科の先生のおかげだよ」

「えっ？」

「うん。ママがね、いつもあたしが予約時間の一〇分前に待合室に着くようにしてるんだ。あたしが考えをまとめる時間をつくるために。でもね、あたしは考えをまとめるかわりにカウンセリングルームのドアに耳をくっつけて、先生がセッションの最後にあたしの前の患者《かんじゃ》さんに授けているアドバイスを盗《ぬす》みぎきしてるんだ。おかげさまで、この三年でたっぷり学んだよ！」

「あっ、そうなんだ……、でも……なんでまたステラが、精神科のカウンセリングに行ってるの？」

ステラはわたしが彼女《かのじょ》に興味を持ったことによろこんだ。わたしはステラと友だちになってから、すべてがどうしようもなくわたしを中心にまわっていたことを認《みと》めないといけない。そして、わたしのコーチの人生についてあまり知ろうとしなかったことも。ごめんね、ごめんね、ステラ、いつかもっといい友だちになるって、約束するよ……。

「まあ、それはね、どうみても小さなころからあたしは変わってて、おかしな子だったから」

ステラは〝おかしな〟というとき、指で自分の頭をさした。それから少し悲しげな顔で続けた。

「エリーズもあたしのこと、おかしいって思う？」

それは本心からの質問だった。ステラはわたしが本心から答えるのを待っていて、わたしはステラにほんとうのことを言わなければならなかった。ステラを傷《きず》つけずに、自分の言葉の重みをちゃんと計りながら。

「そうだな、ステラはいつも、ちょっと……落ち着きがないところがあるような気はしてたけど、わたしはすごくいいなって思ってるの、ステラのとっぴなところが」

ステラの目に涙《なみだ》が浮《う》かんだ。そして、「ありがとう、ありがとう、ひひひ」と言いながらわたしに抱《だ》きついてきた。

わたしはステラを抱《だ》きしめた。そうして無言のまま、ステラがくれるぬくもりを味わった。

わたしの、とっぴな親友。

「息抜《いきぬ》きするため、ナルトをみるってのはどう？」

誘《さそ》ったのはわたしのほうだ。

ステラはちょっと驚《おどろ》いた顔をした。そして口をぎゅっととがらせ、ゆっくり大げさに息を吸《す》った。「それはどうかしらねえ、ちょっと考えさせてちょうだい」と言いたげなお后《きさき》さまみたいに。そうだよね、とわたしは思い直した。ステラはわたしのコーチで、わたしたちは遊ぶためにここにいるわけじゃない……。

というわけで、すでにステラの返事は読めていた。ところがところが。

「オッケー！」

返ってきたのは、明るくはずんだ「オッケー！」、まさにステラそのものといった感じの「オッケー！」だった。

わたしたちは〈ナルト〉を一話分だけみた。ステラの家を出る前、ステラがわたしの左右の肩《かた》に手を置いてきた。そしてほほえみながら、パワーをあたえようと手に軽く力をかけた。パワーをもらったからにはもう、大蛇丸《オロチまる》に負けるわけにはいかない。

パパを救うために、わたしはあのイキモノと対決しなければならなかった。

＊1 もちろん、コーチから指示されたときに、こんなふうにいくつもの言語で返事するよう命じてきたのはステラだ。

＊2 「かめはめ波」は〈ドラゴンボール〉の孫悟空《そんごくう》の伝説の技だ（〝ギョーザの夕べ〟のときのパパの話をきっかけに、ステラは〈ドラゴンボール〉もみはじめたにちがいない）。これは闘《たたか》う人の両手から強烈《きょうれつ》な魔法《まほう》のビームを飛びださせる破壊力抜群《はかいりょくばつぐん》の技だ。ステラは見事なスタントマンぶりを発揮《はっき》した。なにしろビームを噴出《ふんしゅつ》させたときの反動で空中に弾《はじ》き飛ばされたみたいにして、ベッドにヒュッと倒《たお》れこんだのだから。

26 真っ向勝負

わたしはいま、わが家の階段《かいだん》のてっぺんにしゃがみこんでいる。

そして、夕食の支度をしているパパをひそかにうかがっている。

この四日間、行動を起こすことができなかった。この四日間、パパの体をおおっているよろいのせいで、勇気が出せなかった。あのことをほんの少しでも口に出そうとするたびに、パパの氷の壁《かべ》が立ちはだかった。パパはどんな言葉にも耳を貸さないんじゃないか、ガードを下げることなんてないんじゃないか、そんな気がしてならない。

そしてなにより、わたしは自分についても不安に思っている。わたしは真実を受けとめることができるんだろうか？　受けいれることができるんだろうか？　真実を知ることで、心が永遠にバラバラに打ち砕《くだ》かれてしまうんじゃないか？

クリスマス・イブの日からジグソーパズルの練習はおやすみだから、明日、ステラが追加でトレーニングをしてくれることになっている。わたしはステラに、大蛇丸《オロチまる》に勝利し、あの質問の答えをたずさえて戻《もど》ってくると約束していた。

というわけで、やらなければならない。きょうこそ、やらなければならない。きょうこそ、きょうこそ、さあ、いまだ！

わたしは木の階段《かいだん》を下りる。踏《ふ》み板をわざとギイギイ鳴らす。前もってパパに知らせるためだ。いまから行くぞ、と。

最後の踏《ふ》み板をきしらせたとき、パパがキッチンでふり返った。わたしが深刻《しんこく》な表情を浮《う》かべて近づいてくるのをみて、パパはついに来たかと悟《さと》った。パパのなかにひそんでいるイキモノもそのことを感じとり、世界とパパのあいだにそびえる氷の壁《かべ》を、まさにわたしをブロックするかのように強化する。わたしは、パパとわたしを隔《へだ》てる距離《きょり》と冷たさをものともせず、どんどん前進する。パパのところまで行き、まっすぐパパの目をとらえ、大きく深呼吸《こきゅう》し、答えをもらえずにいた四年のときを経《へ》て、もう一度あの質問を投げかける。

「パパ……、ママはどんなふうに死んだの？」

パパは体をぎくりとふるわせ、お米をといでいた水道の蛇口《じゃぐち》をさっと閉《と》じる。

四年前とまったくおなじように、パパはほかのことに意識を集中しようとする。パニックにおそわれて、いら立つ。ザルに入ったお米を、ムキになってガシャガシャかきまわす。それにあわせて、恐怖《きょうふ》、怒《いか》り、悲しみといったいろいろな感情が、パパの心のなかで入り乱《みだ》れる。パパの視線《しせん》が、野菜カゴにどっさり入っている例の野菜と手もとのお米のあいだを行き来する。パパはきこえないふりをする、わたしがそこにいないふりをする……。結局、パパはもう一度蛇口《じゃぐち》をひねり、すでにきれいなまっ白いお米を水流にさらす。

四年前、パパがわたしに沈黙《ちんもく》を押《お》しつけたとき、わたしはあの質問を繰《く》り返すことができなかった。でもいま、わたしは成長した。ステラという女の子に出会い、お気に入りのドドノン先生の謎《なぞ》めいたタイトルがついた課題に取り組み、日本からやってきたおばあちゃんと過ごした。

ここまでわたしに寄り添《そ》ってくれた人たちの声に導かれて、わたしは食いさがる。

「だって、パパがわたしにママは死んだって伝えた日……、パパはこの話はもうなしだって言ったよね。でもね、やっぱりわたし、あのときからずっと考えつづけてるの。いったいなにが起こったんだろうって……」

「ママは亡《な》くなった。亡《な》くなったんだよ。その意味がわからないのか？」パパの口を借りて、大蛇丸《オロチまる》が言い放つ。「それはね、**死んだ**ってことだ」

つまり、それがパパの答えってこと？　あれからさらに四年経《た》ったあとも、この答えしかもらえないってこと？

金網《かなあみ》のザルの小さな穴《あな》から流れでていく水をながめながら、わたしはパパの前で泣きたくなる。こんなのおかしい、わたしが知らないなんておかしい——そう思って泣きたくなる。けがをしてどこかを痛《いた》くした小さな女の子みたいに、泣きじゃくりたくなる。世界が終わった日からずっとたえてきたことのすべてについて、泣き叫《さけ》びたくなる。いますぐここで泣きだしたい。ずっと前にパパから言いわたされた鉄のルールを破ることになるけれど、かまうもんか。

わたしは泣く。

それに、わたしにだって怒《おこ》る権利《けんり》はある。だからわたしは、泣きながら挑《いど》むように言う。

「わたし、タマネギのタルトをつくりたいんだけど」

そして引き出しから小さなまな板とよく研がれたナイフを取りだすと、タマネギをひとつ、手に取る。パパはなにも言わずにわたしをみている。そのほうがいい。話すのはわたしだから。

「パパ、わたしはね、タマネギのせいで泣いてるんじゃないから、わかってるよね？　泣いてるのはね、そうはみえないかもしれないけれど、あの質問の答えがわたしにとっては大事だからだよ……」

わたしはまな板に視線《しせん》を落としたまましゃべる。どんどんこまかくなっていくタマネギと、高速で動く自分の手がみえる……。

「泣いてるのはね、ママはほんとうに死んだんだろうか、それともママに腹《はら》を立てたパパがウソを言ってるだけなのか、って毎日考えてるからだよ。泣いてるのはね、大切な人が死んだらふつう、その人のお葬式《そうしき》に行き、その人のために詩を読んだりするのに、わたしたちはママのお葬式《そうしき》に行ってないし、ほんとうにお葬式《そうしき》があったかどうかも知らないからだよ」

まな板の上にあるのはもう、みじん切りされたタマネギではない。ぐちゃぐちゃになったタマネギのペーストだ……。

「あれから四年、わたしの心のなかではおんなじ質問がずっとぐるぐるまわってる。もしかしたら、わたしのせいだったのかな？　ママはわたしといっしょにいたくなかったから家を出て、パパはわたしに〝ママは死んだ〟って説明することにしたのかな？　わたしが電話でダダをこねたからママがコンサートで失敗してしまい、そのせいでママは自殺したのかな……？」

わたしの涙《なみだ》がタマネギのペーストとまじる。目がカッと熱くなり、もうなんにもみえなくなる。まな板の上にはもう、切りきざめるものはなんにもない。なのに、わたしの手のなかにあるナイフはまだ動いている。そしてそれがするりと横すべりして、わたしの親指を切る。

半透明《はんとうめい》の白いタマネギに赤い血のひと筋《すじ》が加わり、いまのこのシーンがさらにドラマチックなものになる……。

「つらいよ、パパ。わかる？　わたし、つらい。すごくつらい……」

「ばんそうこうを取ってくる、ちょっと待ってろ」

「ばんそうこうが欲《ほ》しいんじゃない。わたしはね、パパ、**ママがどうして死んだのか知りたいのっ！**」

わたしは最後の言葉をほえるように言った。

地球の反対側で、吹雪《ふぶき》が吹《ふ》きあれてもおかしくないほどのいきおいで。

パパがぐらりとよろめく。パパの世界のすべてが、決して耳にしたくなかった言葉でゆさぶられたから。

イキモノがパパの内側にしがみつき、パパを支配しつづけようとする。そして、さらに激《はげ》しく反撃《はんげき》に出ようとする……。

けれどもパパは、目の前の光景にたえられない。

涙《なみだ》と鼻水でぐちゃぐちゃになり、指を血で真っ赤にしているわたしの姿《すがた》を目にすることにたえられない。

むき出しになったわたしの苦しみと痛《いた》みにたえられない。

パパのせいで苦しんでいるわたしを目にすることにたえられない。

パパが目にしているものは、大蛇丸《オロチまる》より強力だ。

パパの心の奥底《おくそこ》から、力がせりあがってくる。そして大蛇丸《オロチまる》のよろいに大きな穴《あな》をあけることに成功する。

パパのとてつもなく大きな力、それはわたしに対するパパの愛だ。その愛があることを、わたしはずっと知っていた。パパが近づいてきて、タマネギのペーストとナイフがのったまな板を押《お》しやり、わたしを抱《だ》きしめる。パパも泣く。

そのあとの何分かについては、もうおぼえていない。

ようやくわたしたちはキッチンのシンクで手を洗《あら》った。

パパはわたしの傷口《きずぐち》を水できれいにし、それでも一応、ばんそうこうを取りに行った。そのあと、たきあがっていたライスをふたつの深皿にもった。そしてわたしに自分の皿を持ってソファに座《すわ》るよう言うと、自分はバスルームに行って顔を洗《あら》ってくると告げた。わたしはパパの言葉にしたがった。

数分後、パパがとなりに腰《こし》をおろした。パパはひざのあいだに両手を差しいれて目を閉《と》じると、自分の心のなかにぽっかりあいている穴《あな》のなかを一瞬《いっしゅん》さまよった。パパがこちら側に戻《もど》ってきたとき、パパはママとのあいだになんとか小道をこしらえることができていた。わたしに真実を伝えるための小道を。

その夜、パパはママがどうして死んだのか、そのいきさつをくわしく話してくれた。

27 石壁《いしかべ》に置かれたじょうろ

パパがわたしにママのことを話してから、数週間が過ぎた。

状況《じょうきょう》は前とすべておなじというわけではない。

もちろん、わたしは理解している。穴《あな》をあけたとはいえ、パパがこれからもずっとあのよろいをまとって生きていかなければならないことを。大蛇丸《オロチまる》をかかえて生きていかなければならないことを。それでも、秘密《ひみつ》が明かされてから、パパのなかにいるあのイキモノはだいぶおとなしくなった。

というわけで、すべてがバラ色とは言えないけれど、前より状況《じょうきょう》はよくなっている。

パパがなぜ怒《おこ》っていたのか、なぜ四年のあいだイキモノがあれこれパパの耳もとでささやきつづけたのか、わたしはようやくその理由を知った。理由を知ったことで、パパのにくしみ、パパの悲しみ、パパの愛がひとつにまじりあっていたことが理解できた。こんがらがった毛糸玉みたいに、それらがすべてもつれあっていたことがわかった。真実を知ってわたしもママに腹《はら》を立てたか、って？　まさか。相手はなんと言ってもわたしのママだし、ママはめずらしい死に方をした。ママらしく。あれは事故で、ひどくて理不尽《りふじん》なことだった。わたしは人生をうらんだけれど、ママのことはうらまなかった。パパは、わたしがママをうらんでいないと知ってほっとした。

年が明けたあと、パパはわたしにママのことを語りはじめた。

わたしの知らなかったちょっとしたエピソードや、わたしが直接には体験していないことを教えてくれた。

そしてなにより、感情を言葉にして出すようになった。信じられないことに、「スミレがいなくてさびしい」となげき、タマネギのせいにしないで素直に涙《なみだ》をこぼした。まだママのことを愛していて、これからもずっと愛しつづけるだろうとも言った。

それは悲しくてやさしい言葉だった。

枯《か》れかけた桜の木にふわりと舞《ま》い落ちる一月の雪のように、悲しくてやさしい言葉だった。

それでもパパが実際に大きな一歩を踏《ふ》みだせるようになるまでには、まだもう少し時間が必要だった。

「小さなじょうろを買ってきたぞ」

大きな一歩、それがこのじょうろだった。

わたしはリビングのテーブルに置いてあるじょうろをみてびっくりし、さりげなくたずねてみた。

「これでなにするの？」

もちろん、このじょうろの使い道は明らかだ。でも、わかってほしい、わたしにはこうたずねる必要があったのだ。心をひらいてママを大切にしようとするパパは、わたしにとってまったく新しいパパだったから。

「なんだろうな、わからない。でも、色がきれいだと思ったんだ。桜の木の後ろの石壁《いしかべ》の上に置けばいいんじゃないか」

というわけで、死にかけている桜の木の後ろまでいっしょに行き、石壁《いしかべ》の上にこの小さなじょうろを置いた。大きいのが前にいて、小さいのが後ろに続いているわたしたちの姿《すがた》は、西部劇《せいぶげき》マンガ〈ラッキー・ルーク〉に出てくるダルトン兄弟みたいだった。ダルトン兄弟とはちがい、わたしたちはふたりしかいなかったのだけれど。それでも、石壁《いしかべ》の上にただなんとなく置いたじょうろをボーッとながめていたこのふたり組は、ダルトン兄弟とおなじくらいマヌケにみえたんじゃないかな。

やがてパパがぽつりと言った。

「寒いな。戻《もど》ろうか？」

「うん」

そしてわたしたちは、この奇妙《きみょう》な感覚を言葉にすることができないまま、縦《たて》にならんで家に戻《もど》った。なかに入ると、カランという音がきこえた。小さなじょうろが風にあおられて落っこちたのだ。ラッキーなことに、うちの敷地《しきち》のほうに。

そこでパパは、ガラス戸を引きあけてまた外に出た。わたしはパパにつきしたがった。パパはじょうろを拾うと、ふたたび石壁《いしかべ》の上にしっかり置いた。わたしはパパの後ろにつっ立ったまま、ダルトン兄弟のメンバーとおなじように、なにもしないでただみていた。パパはまわれ右をして家のほうに三歩歩いた。わたしがパパのあとについていこうとした瞬間《しゅんかん》、またもやじょうろが吹《ふ》きとばされた。さて、どうする？

「なかに水を入れて重くすれば、もう落っこちないんじゃないか」パパが提案した。

「ん？　そうだね」

そこでパパはじょうろを持ってキッチンに行き、蛇口《じゃぐち》をひねって水を入れた。それからまた庭に出て、さっきとおなじ場所、息もたえだえの桜の木の真後ろにじょうろを置いた。そんなパパのあとをわたしは、今度はおなじ〈ラッキー・ルーク〉に出てくる犬のランタンプランみたいに、いちいちけなげについてまわった。

そのあと、風と寒さから逃《のが》れるため家のなかに戻《もど》った。

午後の残りのあいだじゅうずっと、パパはガラス戸の前まで十回くらい足を運んだ。

まるでなにかに呼《よ》ばれているみたいだった。パパは、死にかけている桜の木の真後ろの定位置にちゃんとじょうろがあるかどうか、たしかめずにはいられなかった。

日が暮《く》れはじめてきてようやく、パパはおうかがいを立てるみたいにわたしにきいてきた。

「ひょっとしたら……ひょっとしたら、ママの桜の木にあのじょうろで水をやったほうがいいのかな。せっかく水を入れたんだから……」

わたしはとびきり無邪気《むじゃき》に、そうだね、と答えた。そうだね、それはいい考えだと思うよ。

するとパパはテレビドラマの登場人物みたいに、自分と妻とをへだてるガラス戸をさっとスライドさせ、一月の寒さと風のなか、外に駆《か》けだした。あの事故の数年前にママとふたりで植えた、日本からやってきたあの木に水をやるために。パパがあの木の世話をするのは四年ぶりだった。

その晩《ばん》、パパはママと仲直りした。

家のなかに戻《もど》ってきたときのパパの顔は、よい行いをした人のように安らかだった。

以前ステラはわたしに、よい行いは、ほかのよい行いによくつながると説明したことがある。運命をつかさどる宇宙《うちゅう》のエネルギーがよろこびの炎《ほのお》を生みだすために必要としているのは、ほんの一瞬《いっしゅん》の火花だけだ、とも。

これまでは、その言葉の意味がわたしにはわからなかった。

でも、このじょうろのエピソードの少しあとにパパがリビングにあるパソコンの前からわたしに声をかけてきたとき、ステラのこの言葉の意味を理解した。

「エリーズ？」

「なに？」

「あのさ……あのさ、どうだろ、春休みに、京都にいるおばあちゃんのところに遊びに行くっていうのは？」

そんな質問、答えは決まりきっている。口にするまでもない。わたしはにっこり笑った。それをみたパパも、返事をするかわりに目を細め、口もとをゆるめてやさしくほほえんだ。

とはいえわたしは、航空券《こうくうけん》を予約する前にふたつ注文をつけた。

「でも、日本に行くのは四月一日過ぎじゃないとだめだよ。だって、ジグソーパズルの競技会があるから。**ジュニアの部**のね。がんばってトレーニングしなきゃ」

「もちろん、出発は競技会のあとさ。わかってるって」

「それからパパ、あのね……」

これから出す注文が高くつくのはわかっていた。〝高くつく〟というのは、もちろん、お金の面で。それでもわたしは、ママがわたしたちにたくさんの遺産《いさん》を残してくれたことは知っていた。だからむしろ、静けさが失われるという意味で、高くついてしまうのかもしれない……。

「ステラもいっしょに連れてってほしいんだけど、どうかな？　ステラはわたしの親友だし、わたしがパパにママのことを話せないでいたとき、わたしをいっぱい助けてくれた。だから、航空券《こうくうけん》をプレゼントできたらいいなって思って……。ほら、ステラは日本が大好きだし！　それに、おばあちゃんもステラのこと、とっても気に入ってたよね？」

パパは少し面くらったようだった。思いもよらない提案だったのだろう。もしステラも連れていくとなると、自分のことを鯉《コイ》みたいにおとなしいと勘《かん》ちがいしているおしゃべり娘《むすめ》に、飛行機での十四時間の移動中、眠《ねむ》りをさまたげられることになる……。

けれども運命をつかさどる宇宙《うちゅう》のエネルギーに導かれて、パパは携帯《けいたい》電話を手にとり、ある電話番号をタップした……。

「こんばんは、ナタリアさんですか、エリーズの父親です……」

パパはわたしに会話をきかれないように自分の部屋に逃《に》げこんだ。そして二十分のあいだ、部屋から出てこなかった。

わたしはステラが精神科のクリニックでしているように、パパの部屋のドアに耳をくっつけてみたけれど、たぶん耳がつまっていたのだろう、なにもきこえなかった。

ドアがあき、パパが言った。

「ステラのご両親が承諾《しょうだく》した。四月六日から二週間、日本に行かせることにオーケーしてくれたよ」

パパはステラの分も含《ふく》めて、すでに三人分の航空券《こうくうけん》を購入《こうにゅう》していた。

28　ジュニアの部

ジグソーパズル競技会の**ジュニアの部**は、四月一日にまちがいなく開催《かいさい》された。エイプリルフールのジョークじゃなくて。

それまで二カ月のあいだ、わたしはコーチと必死にトレーニングに励《はげ》んだ。

ステラは一日に何度も練習するようはっぱをかけた。しかも日本語で！

いっしょに日本に行けると知ったときから、ステラは小さな仏和辞書をいつも持ち歩き、大きな声で例文を何度も読みあげて頭にたたきこんでいた。

三月の初め、ステラはドドノン先生に自慢《じまん》せずにはいられなかった。

「先生、知ってますか？　じつはですね、四月一日にエリーズったら、あたしの手厚いサポートのもと、ジグソーパズルのすごい競技会に出るんですよ。それでそのあと、四月六日から、なんとあたしたち、いっしょに京都に行くんです、そう、日本の京都に。カワイイイイイイ！　もしかしてもしかすると、あたしが愛するサスケを生んだクリエーターさんに会えたりして!!!　ハハハ！」

授業のあとに明かされたこのちょっとした秘密《ひみつ》がドドノン先生の耳をすどおりし、先生が反応ゼロであってもおかしくはなかった。ダニエラさんに捨《す》てられて以来、気の毒なことに先生はまだ不幸のどん底にいたのだから。けれども「日本」ときいて、深い傷《きず》を負って死んだようになってしまっていた先生の心に、さっとそよ風が吹《ふ》いたようだった。

「あなたの愛する人は……、日本にいるのですね……」

ドドノン先生はそう言うと、ゆっくり天をあおいだ。そのようすは、ドドノン先生らしい神秘的《しんぴてき》なアイディアが心のなかにふいに舞《ま》い降《お》りたかのようだった。先生の視線《しせん》は美術室の低い天井にさえぎられ、先生が実際にあおぎみているのは天ではなく、生徒たちが天井に投げつけたチューインガムの点々《てんてん》にかこまれながらジリジリ音を立てているきまぐれな蛍光灯《けいこうとう》だった。けれども、それはたいしたことではなかった。この薄汚《うすよご》れた天空をながめることで、ドドノン先生は愛を信じる力を取りもどした。

「日本では、四月に桜の花の下で恋人《こいびと》たちがデートするんですってね」

「えっと……、はい、そうです」わたしは答えた。

「そうしたシーンからは、さぞかし美しい油絵や、コントラストがあざやかで表現豊かな写真が生まれているんでしょうね……」

「えっと……、はい、先生」

「あなたのつくったケーキは完璧《かんぺき》以上でした。あのケーキはよりよい未来の約束そのものです。あなたはあれを、おばあさまのためにつくったのですよね……京都に住むおばあさまのために。あのときはまだ、わたくしにはサインを受け止める力がなかった……けれどもきょうは、もしかしたら……」

ドドノン先生はおそらく、天井に張りついている干《ひ》からびたチューインガムのせいで、頭が少しくらくらしていたのかもしれない。先生はいつにも増してちょっとようすが変だった。天井をきれいにするよう、すぐに校長先生に頼《たの》まなくっちゃ、とわたしは思った。これはけっこう急を要することかも……。

「さあ、あなたたち、どうもありがとう。わたくしはこのへんで失礼するわ。やらなければならない大事な用事があるのです。陶器《とうき》のブタさんとか、金づちとか、燃料サーチャージとか、いろいろあって……」

充電《じゅうでん》が完了《かんりょう》したドドノン先生は、面くらっているわたしたちをがらんとした美術室に残し、自信に満ちた足どりで出ていった。突然《とつぜん》、蛍光灯《けいこうとう》のジリジリという音がやんだ。

ステラは目をぱちくりし、びっくりしたような顔でわたしをみた。そして次は休講だったので、わたしにこう呼《よ》びかけた。

「えっと、ジャ、レンシュウヲ　シニ　イキマショー！[*1]」

わたしたちはドドノン先生の謎《なぞ》めいた言動について考えるのはもうやめて、ポケットサイズのジグソーパズルを使ってトレーニングを続けるため図書室に向かった。

三月三十一日は思ったより早くやってきた。わたしは夜、ベッドに入る前、緊張《きんちょう》でガチガチになっていた。

パパはほめ言葉をふんだんにおりまぜながらわたしを励《はげ》ました。わたしがいちばんだとか、八歳《さい》のときから猛烈《もうれつ》にトレーニングを積んできたじゃないかとか、すご腕《うで》のコーチにしごかれたからだいじょうぶだとか、わたしには生まれ持っての才能があるとかなんとか……。

「ママみたいに手先が器用なんだな……。ほら、ジグソーパズルとピアノは似てるだろ。ジグソーパズルってのは、音のしない音楽さ。きくのはむずかしいけど、みるのはかんたんだ。うん、ジグソーパズルとピアノ、このふたつはおなじようなものなんだ」

まるっきり意味不明のなぞらえ方だった。最近のパパは、詩人気どりだ……。けれども、正直、パパのこの発言にわたしは少しだけ緊張《きんちょう》がほぐれた。

四月一日の朝、パパはわたしのリュックサックにツナマヨのおにぎり二個と、チョコレートパンと大きな水のボトルを入れてくれた。ステラとナタリアさんがむかえに来た。パパはその日用事があったから、わたしはこのふたりといっしょに、うちから八十キロ離《はな》れた大きな町で開催《かいさい》される競技会に行くことになっていた。わたしたちはあれこれ必要なことをして、要点をいくつか確認《かくにん》し終えると、「いざ、出発！」と威勢《いせい》よく宣言《せんげん》した。

そして玄関《げんかん》のドアの取っ手に手をかけようとしたとき、パパが言った。

「ちょっと待った！」

ステラとナタリアさんとわたしは、いっせいにパパのほうをふり返った。パパはまだパジャマにスリッパという格好だった。それにくらべてナタリアさんは、これまでになく美しかった。口紅《くちべに》を引き、クラシックなスタイルの青緑色のワンピース姿《すがた》で、はいているきゃしゃなハイヒールは、帽子《ぼうし》とワンピースにあわせてコーディネイトされていた。ステラのもしゃもしゃの髪《かみ》も、きょうばかりはボリュームが出ないようにちゃんと櫛《くし》が通っていて、そのおかげでどこかネコを思わせる力強さが感じられた。ステラはレンズの入っていないメガネを鼻の上にのせ、ピンク色のジャージの上下に身をつつみ、おろしたてのスニーカーをはいていた（ジャージの下にはコーチのユニフォーム、つまり例の黒い水着を着ているにちがいない）。わたしのほうは、〝戦闘《せんとう》モードの日本人〟そのものだった。対戦相手をひるませるために、フランス人が日本人に持つお決まりのイメージを強調することさえした。わたしの真っ黒なストレートヘアは、かっちりといかめしく切りそろえられた。服装《ふくそう》は、袖《そで》がゆったりとしたオフホワイトのシャツに、あっさりとしてシンプルだけれどおしゃれな黒いズボン。そして足もとにはローファー。

つまり、パパだけが情けない格好で浮《う》いていた。パジャマのズボンに、こぼしたジャムをくっつけているとあってはなおのこと。

「パパ、あんまり時間がないんだけど……」

「わかってる。でも……」

パパはスリッパをパタパタさせ、ちょっと滑稽《こっけい》な小走りになってピアノの部屋まで行くと、鍵《かぎ》がかかっていないドアをさっと大きくあけた。パパがピアノの椅子《いす》に座《すわ》る音がした。

そのあと、鍵盤《けんばん》を守っている木製の小さなカバーのあく音がして……。

パパがピアノを弾《ひ》きはじめた。

ピアノはちゃんと調律《ちょうりつ》されていた。

ナタリアさんはすぐにわかった。

「あらっ、〈エリーゼのために〉ね。ベートーヴェンがつくった曲よ！」

わたしは目をうるませながら、親友のお母さんにあけすけに説明した。

「わたしのパパとママはね、出会ったその日にピアノの下で愛を交わしたの！」

ナタリアさんは真っ赤になって、もごもご言った。

「あっ、そう、あ、愛をね……ご、ご両親が、愛をね……、あっ……ほら、コウノトリが飛んでるわ！　ええ……わたしだって、そうした経験は……ええっと……さあ行きましょう！　コウノトリを追いかけましょう！　いざ、出発！　はは……」

胸《むね》がいっぱいになったわたしは、パパに「サイコー！」と晴れやかに声をかけて玄関《げんかん》を出た。

ピアノのメロディーは、わたしたちが外に出たあともつき添《そ》ってくれた。ピアノはすばらしい音を奏《かな》でていた。

というわけで、さっき言ったことは撤回《てっかい》しないといけない。パパは情けないなんてことはなくて、パパはパパのままでサイコーだった。

わたしたちは車に乗りこんだ。発車する前、ステラが言った。

「エリーズのお父さん、ピアノがじょうずだね。あたしもいつか、ピアノの下で愛を交わしたいな、ひひひ！」

ナタリアさんが咳《せ》きこみ、車のマフラーからもくもく排《はい》ガスが出た。わたしたちは出発した。


競技会の会場の雰囲気《ふんいき》は、パパとはちがってどこからどうみても情けなかった。

会場に着いたとき、わたしはすごくがっかりした。よくわからないけれど、わたしはてっきり、闘志《とうし》に燃える何百人もの参加者がいくつも大きなテーブルの前にずらりとならび、二〇〇ピースのジグソーパズルでウォーミングアップをしているはずだと思いこんでいた。参加者たちの注意を引くためパンッ！　とピストルをうつ審判《しんぱん》がいて、観客席には熱狂的《ねっきょうてき》なサポーターたちがつめかけ、ポップコーンやチュロスの売り子さんたちが商売に励《はげ》み、大勢の開催《かいさい》スタッフが忙《いそが》しそうに駆《か》けずりまわっているはずだと考えていた。会場には試合のようすをライブ映像《えいぞう》で伝える巨大《きょだい》モニターが設置され、ジグソーパズルの大手メーカー〈ラベンスバーガー〉の社長とフランスの首相が招待されているものだとばかり思っていた！　それなのにまさか……。

地区予選の参加者は、四人だった。

そして会場は、ドドノン先生の美術室より小さかった……。審判《しんぱん》はひとりだけで、その人は競技会の開催者《かいさいしゃ》でもあった……。ステラとナタリアさんが観戦できないことも判明した。なにしろ椅子《いす》の数が足りなかったから。

開催者《かいさいしゃ》がナタリアさんに提案した。

「道をはさんだ向かい側に、小さなティーサロンがあります。そこでお待ちになったらいかがでしょう。娘《むすめ》さんが決勝戦に進むことになったら、試合の時間が来るまでそこで休憩《きゅうけい》をとってもらいます」

「この女性はわたしのお母さんじゃありません」わたしはていねいに訂正《ていせい》した。「わたしのコーチのお母さんです」

開催者《かいさいしゃ》はいぶかしむような目でステラをみた。するとステラは、背中《せなか》に隠《かく》していたマラカスをしゃかしゃかふり、ちょっとした即興《そっきょう》のパフォーマンスを披露《ひろう》した。「ええ、そのとおり、あたしが彼女《かのじょ》のコーチよ」とアピールするように。ナタリアさんがさりげなくパフォーマンスを終わらせて、わたしに声をかけた。

「じゃあ、休憩《きゅうけい》タイムに合流してね、エリーズ」

ステラはわたしにいくつか最後のアドバイスを授けると、ナタリアさんといっしょに部屋を出ていった。

せまい部屋にいるのは、これで五人だけになった。わたしとほかの三人の参加者と、審《しん》判兼開催者《ぱんけんかいさいしゃ》の五人。

審判《しんぱん》がわたしたち参加者に、競技会のルールを説明した。

「まず一回戦の相手をくじ引きで決めます。そして対戦相手と向かいあうかたちでテーブルにつきます。あなたたちにはそれぞれ五〇〇ピースのおなじパズルが配られます。先に新しいパズルを完成させたほうが勝ちです。一回戦のふたつの試合のそれぞれの勝者が午後、新しいパズルで対戦します。これに勝利したほうが、七月末に行われる全国大会への切符《きっぷ》を手にします」

わたしが好きな、明快で、具体的で、わかりやすい説明だった。指定されたテーブルにつきながら、わたしは気持ちが少しずつたかぶってきているのを感じた。なんて言えばいいんだろう、このときのわたしには……、よし勝つぞという強い思いがあった！　全力を出しきって優勝《ゆうしょう》するぞ、と本気で意気ごんでいたんだと思う。頭のなかには、ドドノン先生の授業のときに言われた「エリーズはチャンピオン！」のかけ声がふたたび鳴りひびいていた。わたしは、これまで知らなかった自分の新たな一面をみた気がした。

一回戦の相手は十四歳《さい》の女の子で、あんまりトレーニングを積んでいないみたいだった。わたしはラストにさしかかったと感じたあとも、ペースを落とさずにつき進んだ。コーチの言葉とホイッスルの音が耳の奥《おく》でこだまし、絶対に勝つぞと意気ごみを新たにした。一〇二分でジグソーパズルが完成し、〈サントリーニ島の夏〉ができあがった。

わたしは「**ストップ**」と叫《さけ》び、審判《しんぱん》が確認《かくにん》しにやってきた。わたしのパズルは仕上がっていたけれど、対戦相手はまだだった。

エリーズの勝利。

その数分前、となりのテーブルでも勝負がついていた。勝者はジェレミーという名の、わたしと同い年の少年だった。

敗者となったふたりは、残念賞として一〇〇〇ピースのジグソーパズルを受けとると、がっくり肩《かた》を落として去っていった。

ステラとナタリアさんのところに行こうとすると、ジェレミーがわたしに軽くほほえんできた。左手を「やあ」という感じに子どもっぽく小さく動かしたのだけれど、そのとき鼻水が垂《た》れ落ちた。ジェレミーはそれを右の袖《そで》でぬぐい、「まっ、こういうこともあるよね……」とでも言うように苦笑した。げっ、赤ちゃんみたい、とわたしは眉《まゆ》をひそめた。

それに、めちゃくちゃうっとうしくて、ちょっとムカつくやつだとも思った。わたしはジェレミーのほほえみを無視《むし》してそばを通りすぎたのだけれど、そのとき、わたしの魅力《みりょく》をアピールして相手を圧倒《あっとう》してやろうと思い、黒髪《くろかみ》を手で大きく後ろに払《はら》った。シャンプーのフレッシュなユズの香りでジェレミーをノックアウトし、と同時に、「あなたなんて目じゃない」と伝えるために。

「休憩《きゅうけい》タイムは一時間です。午後一時半から決勝戦を始めます」と審判《しんぱん》が告げた。

ティーサロンではステラとナタリアさんを前におにぎりを食べた。わたしは、ここまでは楽勝だったと報告し、決勝戦もいけそうだと伝えた。対戦相手のジェレミーがまったくもってイケてなくて、トロそうにみえることも。

ステラがたしなめた。

「敵《てき》をあなどっちゃだめだよ、エリーズ。準決勝で勝ったってことは、デキるやつだってことだから。ここまで来るのに、なみいるライバルをバッタバッタと倒《たお》してきたにちがいない。ジェレミーって子のこと、いまはバカにしてるかもしれないけど、リングにのぼったら、ハッとさせられるかもしれないよ！　面くらい、その才能にしびれ、恋《こい》に落ちることさえじゅうぶん起こりうるんだからね！　ありとあらゆる可能性にそなえなきゃ！」

ステラは妄想《もうそう》が激《はげ》しすぎる。そのせいでときどき話がとんでもない方向に飛んでいってしまうのを、本人はさっぱり自覚していない。恋《こい》に落ちる？　このわたしが？　恋《こい》に落ちたことなんてこれまで一度もなかったし、これからも落ちることなんかないだろう。それによりによって、闘争心《とうそうしん》をめらめら燃えあがらせている新しい自分についに出会ったこの日に、そんなこと、絶対にあるわけない。いやいや、なにがなんでも、ジェレミーより速くパズルを仕上げてみせる！

午後一時半、わたしは会場になっている小さな部屋にジェレミーと審判《しんぱん》とともにいた。わたしとジェレミーはテーブルに向かいあって座《すわ》らされ、課題のジグソーパズルが配られた。パズルのタイトルは〈パリの散歩〉。

「ルールはこれまでとおなじです。戦う用意はできていますか？」

ジェレミーもわたしもうなずく。

「それでは、よーい、ドン！」

わたしはすぐに自分の箱に飛びつき、中身をテーブルの上にあけ、一秒たりともムダにしないでピースをより分ける。「スタートダッシュこそが、華々《はなばな》しい勝利への鍵《かぎ》だよ」とステラは言っていた。

対するジェレミーの動きはにぶい。パズルの箱を手にとってなんとなく重さをたしかめ、箱のふたに印刷されている完成図を、なんて言えばいいんだろう、〝愛《いと》おしそうに〟にながめている。箱の裏《うら》にある説明文をじっくり時間をかけて読む。おまけに読んでいる最中に、大きなゲップまでする。

「おっと、失礼！」

そして、「まっ、こういうこともあるよね……」とでも言うように、無邪気《むじゃき》にほほえむ。

うわっ、やだやだ、もうほんとこのパズル、ちゃっちゃっと完成させよう……。

わたしはぐずぐずせずに、図柄《ずがら》の外枠《そとわく》を組み立てていく。いいぞ、この調子。

ジェレミーがテーブルのこちら側にちらちら視線《しせん》を投げてくる。どうやらわたしのパズルの組み立て方を観察しているようだ。わたしが手際よく作業を進めていくのをみて、小さく「うんうん」とうなずいている……。わたしはジェレミーのことが心配にさえなりはじめる。彼《かれ》がこれまでに組んだピースは、二〇個にも満たない。こんなのろまなペースで、いったいどうやって午前中の試合に勝ったんだろう？

どんどん時間が過ぎ、わたしは半分とちょっとまでピースを組み終えた。完成図は完璧《かんぺき》に頭に入っているから、もう箱のふたをみる必要すらない。作業はするするいいペースで進んでいる。念願の勝利まで、あともう少しだ！

突然《とつぜん》、ポキ、ポキ、と小さな音がひびく。靴《くつ》のなかに小石が入りこんだときのようにみように気になる音だ。対戦相手のほうに目を上げると……なにかが変わっていた。ポキ、ポキは、ジェレミーが指の関節を鳴らす音だった。ジェレミーの雰囲気《ふんいき》が一変している。すごいオーラが出ていて、周囲のエネルギーが煮《に》えたぎってみえる。指の関節を鳴らす最後のポキを合図に、ジェレミーは姿勢《しせい》を正し、深々《ふかぶか》と息を吸《す》い、わたしにウィンクしてふうっと息を吐《は》き……、ついに本格的にパズルを組み立てはじめる。ひとつ、またひとつと、厚紙のピースを大きな動作でぐいっとつかみ、優雅《ゆうが》なしぐさで顔の高さにまでかかげると、すでに組んである二〇個ほどのピースにどんどんつないでいく。直感を頼《たよ》りに、迷うことなく、ピース同士がはまる**チャック**という小さな音を立てながら。ものすごく速い。めちゃくちゃ速い。

チャック。

厚紙のピースとピースが、なめらかにつなぎあわされる。

チャック。

彼《かれ》は音楽を奏《かな》でている。まるでオーケストラの指揮者《しきしゃ》みたいだ。

チャック、**チャック**。

この世のものとは思えない達人の技。奏《かな》でられる音色は、甘《あま》くやわらかい。

チャック。**チャック**、**チャック**。

パパは正しかった。まるでピアノだ！　ピアノのメロディーがきこえる！

チャック。**チャック**、**チャック**。

チャック、**チャック**。

わたしはもう、ジェレミーから目が離《はな》せない。ジェレミーが繰《く》りひろげるショーにすっかり心をうばわれている。オペラとマジックを足して二でわったようなショー。まさか、信じられない……その瞬間《しゅんかん》、まさか、うっそ！　どうしてだろう、ジェレミーがなんだか、なんだか……カッコよくみえる‼

チャック。チャック、チャック、チャック。

チャック、チャック、チャック。

ジェレミーは決してテンポを落とさない。頭をふり、脂《あぶら》ぎった髪《かみ》を左から右へと揺《ゆ》らしている。彼《かれ》の前で、パリの街が猛烈《もうれつ》なスピードでかたちづくられていく。まるで、まるで……水の底から花の都《みやこ》が浮《う》かびあがってきてるみたいだ！

ヤバい、みとれてる場合じゃない、わたしもさっさと作業を進めなきゃ……。

「ストップ！」

ジェレミーのこの言葉に審判《しんぱん》がタイマーを止める。九十九分。試合終了《しゅうりょう》。

ジェレミーはパズルを完成させ、わたしのほうはまだだった。わたしは……、わたしは負けた。地方予選のジュニアの部――いや、ここはなぜか強調して言わなきゃならないところだから、太字にしないと――、**ジュニアの部**のチャンピオンはジェレミーだ。

わたしが残念賞を受けとっていると、ジェレミーがやってくる。

「きみの戦いぶり、よかったよ。すごかった。ジグソーパズルの競技会に出るの、初めて？」

「ええ」

「ほかの大会にも出る気、ある？　ぼくはね、九歳《さい》のときから大会という大会に出まくってるんだ」

まだかろうじて残っている闘志《とうし》とプライドを失《な》くしたくなかったので、わたしは眉《まゆ》をくいっとあげて答える。

「ほかの大会に出る気はあるか、って？　ええ、出るだけじゃなくて、勝つつもりですからね、試合のぜんぶに！　わたしはみんなに、〝エリーズはチャンピオン〟って言われてるんだから！」

なぜかはさっぱりわからないけれど、そう言い終えた直後、わたしの威勢《いせい》のいい言葉をダメ押《お》しするように、わたしのおなかがグルルルと盛大《せいだい》な音を立てる。闘志《とうし》を秘《ひ》めたプライドの高い女の子のイメージにまったくそぐわない、めちゃくちゃ気づまりな音だ。気はずかしさをごまかすために、わたしは小さく引きつった笑い声をあげた。

ジェレミーが遠ざかっていくあいだ、わたしの笑い声がむなしく空中にただよった。ジェレミーは部屋を出ていくまぎわにわたしをみて、例の、「まっ、そんなこともあるよね……」のほほえみを浮《う》かべた。

たしかにそんなこともある。人生ではなんだって起こりうる。

＊1　ママはよく、このセリフを口にした。ママの場合は、ピアノの練習を指していたけれど。このおなじセリフを、今度はステラが口にするなんて、びっくりもいいところだ。ものごとは、ぐるぐるめぐっているのかもしれない……。

29 海の上を飛びながら……

パリと関西を結ぶ直行便は、エコノミークラスでもかなり快適だ。乗客ひとりひとりにモニターがあって、一〇〇本ぐらいの映画《えいが》をいろいろな言語で鑑賞《かんしょう》できるし、世界地図には飛行ルートのくわしい情報が示されている。すごく親切だ。でも、十時間もじっと座《すわ》っていると、さすがにちょっとうんざりしてくる。わたしみたいに、さっぱり眠《ねむ》れない場合はとくに。

となりでステラとパパが、スヤスヤ寝息《ねいき》を立てている。

フライトの最初の二時間、ふたりはアニメとマンガについて話しこんだ。パパは、〈ドラゴンボール〉こそがマンガ史上もっとも壮大《そうだい》なサーガだ（とくにベジータのおかげで）と主張し、ステラのほうは、アニメーションのクオリティ、ストーリー、感動のどれをとっても〈ナルト〉のほうがずっと優《すぐ》れている（とくにサスケのおかげで）と反論《はんろん》した。ふたりはあんまり歩み寄ることができなかったけれど、それぞれ推《お》しのシリーズの魅力《みりょく》を熱く語った。そんなふたりをみるのは楽しかった。

しばらくするとパパは疲《つか》れてしまい、ステラに「そろそろ寝《ね》ようか」と声をかけた。でも、ステラはパパの言葉をあっさり無視《むし》して、あのいつもの不思議なハイテンションで、ぺらぺら早口で話しつづけた。〈ナルト〉がポップカルチャーにいかに大きな影響《えいきょう》をあたえているか熱弁し、テーマソングを熱唱し、登場人物それぞれの必殺技の名前を機内じゅうにとどろくような大声で叫《さけ》んだ……。

ステラが自分の口に自分からチャックをすることはないと悟《さと》ったパパは、ていねいに頼《たの》んだ。

「悪いけど、ステラ、ぼくはほんとうに眠《ねむ》りたいんだ。この話はまた今度にして、いまはちょっと静かにしてくれるかな?」

「もちろん了解《りょうかい》だよ、ひひひ! だいじょうぶ、話し相手はほかにもいるから!」

そう言うとステラは、19列から32列に座《すわ》っている乗客のひとりひとりに、好きなアニメをきいてまわった。客室乗務員たちに、機長と副操縦士《ふくそうじゅうし》に直接たずねたいからコックピットに入れてくれとさえ頼《たの》んだ。もちろん、「だめです」と断られていたけれど。

通路を行ったり来たりしてくたびれたのだろう、ステラはしばらくすると自分の席に戻《もど》った。そしていきなりコトンと寝入《ねい》り、あとは関西に着くまでいびきをかいていた。機内のあちこちから、ほっとため息がもれた。

というわけで、わたしは残りの八時間のフライトを、映画《えいが》をみたり、持ってきたポケットサイズのジグソーパズルをくずしたり組み立てたりして過ごすことになった。

そしていま、なんだかもう死ぬほど退屈《たいくつ》だ。目の前のモニターに表示されているフライト情報に目をやると、着陸まであと一時間半。

窓《まど》の向こうをながめる。夜の闇《やみ》がどんどんうすれ、お日さまがのぼりはじめている。もう夜明けだ。ちょうど日本海の上空を飛んでいる。美しくて、広々《ひろびろ》とした海。ママ……。ママは何度この海をわたる飛行機に乗り、フランスから日本へ、日本からフランスへ旅したんだろう。それぞれのフライトでいくつ映画《えいが》をみたんだろう？　移動中、どのくらいわたしとパパのことを考えたんだろう？

頭に浮《う》かんだそんないくつもの疑問《ぎもん》のせいで切ない気持ちになり、わたしは飛行機の窓《まど》のこちら側から広大な海に、涙《なみだ》の粒《つぶ》をいくつかこぼしそうになる。けれども、ある思いになぐさめられる。それは、たとえわたしの頭のなかに疑問《ぎもん》がうずまいていても、頭のなかが永遠に解けない謎《なぞ》だらけでも、わたしは少なくともあなたになにが起こったのか知っている、という思いだ。

わたしはあなたの最期を知っている。それはパパが話してくれたからだ。真実を。

真実の始まりは、あなたが死ぬ数週間前、パパがインターネットである記事を読んだ日にさかのぼる。それはニュースフィードにランダムに、とはいえ、読者の特性や興味にあわせて表示される記事のひとつだった。

そのあやしげな記事は、日本の秋田県で近々地震《ちかぢかじしん》が発生する危険《きけん》があると警告《けいこく》し、その地域《ちいき》では二十二年ごとに大地震《じしん》にみまわれていることが判明したと伝えていた。

記事には次の地震《じしん》が起こる具体的な月日も書かれていて、それはちょうど秋田であなたのコンサートが予定されている時期だった。この記事を書いた人によれば、その地震《じしん》は大勢の死者が出る超巨大《ちょうきょだい》なもので、その人は日本政府に住民を避難《ひなん》させるよう呼《よ》びかけていた。

パパは不安になり、あなたにこの記事を読ませた。

あなたは笑って言った。

「わたしは日本のことも地震《じしん》のこともずーっと前から知っている。だってわたしは日本人だもの。小さなころから学校で避難《ひなん》訓練をしてきたし、地震《じしん》を予知する学問はまだまだで、科学的に不十分だってわかってる。この記事を書いた人は、でたらめを言ってるだけよ……」

そう言われても、パパは安心しなかった。

この記事のせいでパパの心に悪い予感がめばえ、その予感はどこに行ってもパパにつきまとい、パパはそれをぬぐい去ることができなかった。ときが経《た》つにつれて、悪い予感は消えるどころかどんどん強まり、パパはあなたが秋田に滞在《たいざい》しているあいだに死の巨大地《きょだいじ》震《しん》が発生するのだと思いこむようになった。

それから数週間のあいだ、パパはあなたに公演しに行かないよう頼《たの》み、「今回だけは、このコンサートだけは中止してくれ」と訴《うった》えた。その訴《うった》えには、長いあいだパパの心の底にくすぶっていた不満がつけ加わることになった。つまり、あまりにもしばしば家をあけて公演旅行に出てしまうあなたをつい責めてしまう、不器用な言葉もいっしょに飛びだしたのだ。パパは何度もあなたに言った。

「あの子はきみを必要としてるんだぞ。ぼくの人生にも、あの子の人生にも、もっとたくさんかかわってほしいんだ……。それに、なるべく危険《きけん》はさけるべきだよ」

あなたは状況《じょうきょう》を落ち着かせたくて、いろいろな方法でパパを安心させようとした。そしてパパの説得を試みた。

「あなたはわたしが死ぬことを恐《おそ》れているけれど、だからといって、わたしは自分の人生を生きないわけにはいかないの。だいじょうぶ、ちゃんと用心するから。今後のことはあらためて話しあいましょう。来年からは公演旅行のペースを落とすって約束する。でも、秋田のコンサートには行かなければならない」

あなたが日本に出発する日がやってきた。パパは行かないよう全力で訴《うった》え、ほとんどひざまずくようにして頭を下げ、玄関《げんかん》のドアの前であなたに言った。

「どうかお願いだ、スミレ、ぼくを愛しているのなら、**ぼくたち**のことを愛しているのなら、行かないでくれ。これまでこんなお願いをしたことは一度もなかった。でもぼくを愛しているのなら、行くな。ぼくを愛しているのなら、きょうだけは頼《たの》む、ぼくを選んでくれ」

あなたはほほえみ、紙袋《かみぶくろ》からジグソーパズルの箱を取りだした。そしてパパに、自分が帰るまでにわたしにわたしてくれと頼《たの》んだ。

「きのう、これを買ったの。エリーズといっしょに遊んでちょうだい。きっとあなたの気持ちも落ち着くと思う」

パパの訴《うった》えに対して、あなたはウィンクしながらこう答えたのだった。

タクシーがクラクションを鳴らし、あなたはキスをして去っていった。不安にさいなまれているパパを、ひとりあとに残して。

あの日、あなたはパパを選ばなかった。ピアノを選んだ。

結局、あの記事はまちがっていた。けれども、あなたもまちがっていた。

たしかに、東北地方で地震《じしん》はあった。あなたが秋田に着いてわずか三日目に。でも、言われていたような巨大地震《きょだいじしん》ではなくて、規模《きぼ》は中ぐらいで、秋田も少しだけ揺《ゆ》れた。

そしてこの地震《じしん》で、痛《いた》ましいことに、ふたりが亡《な》くなった。

亡《な》くなったのは、あなたと、あの夜、犬の散歩に出ていたおじいさん。

地震《じしん》は、木をたった一本だけ倒《たお》すことに成功した。

その木は、コンサートを終えて外の空気を吸《す》いに出ていたあなたと、散歩中のおじいさんの上に倒《たお》れてきた。犬は無事だった。

これが真実だ。

地震《じしん》、おじいさん、一本の木、犬。そして、命を失ったあなた。

パパによれば、木の下から引きだされたとき、あなたの体はほとんど傷《きず》のないきれいな状態だったらしい。パパは日本のテレビであなたが追悼《ついとう》されたことも、あなたが京都にある実家の墓に埋葬《まいそう》されたことも教えてくれた。パパが日本に行くのは、とてもじゃないけれどむりだった。

パパが真実を語ってくれた夜、ようやくすべてが理解できた。わたしの心のなかに散らばっていたパズルのピースがぜんぶ、おさまるべき場所におさまった。桜の木の下に掘《ほ》られた墓、パパがほったらかしにしたピアノ、禁じられた日本、にくしみと愛とうらみがないまぜになったパパの思い。わたしは理解した。

理解したいま、ようやくあなたに言える。

会いたくてたまらないよ、ママ。

あなたがいまいる場所からわたしのこと、誇《ほこ》りに思ってくれてる?

わたしの美術の点数、誇《ほこ》りに思ってくれてる？

わたしのちょっと変わってて冴《さ》えてて とっぴな親友のこと、誇《ほこ》りに思ってくれてる？

軽やかな達人の指を持つジェレミーに決勝戦で負けたこと、誇《ほこ》りに思ってくれてる？

あれっ……変だな、どうしてママにジェレミーの話なんかしてるんだろう？　どうして
心臓《しんぞう》がいきなりドキドキしはじめたんだろう？　ひゃっ、まさか！　これはもしかして
……。

さいわいなことに、飛行機がガタガタ揺《ゆ》れたおかげで、わたしの心臓《しんぞう》のドキドキがおさまった。

飛行機は無事に着陸した。

30 マニアックなわたしたち

正直に言うと、京都に着いてから、わたしはステラにちょっとやきもちを焼いている。

だっておばあちゃんは、わたしよりステラにまた会えたことをよろこんでいるみたいにみえるから。再会した瞬間《しゅんかん》、ふたりはうれし涙《なみだ》を流しながら、この前みたいにぺこぺこ体を折り曲げるおじぎ合戦を始めた。ステラはもちろん最後には、おばあちゃんの家の玄関《げんかん》先に広がる小砂利《こじゃり》の庭に正座《せいざ》し、三つ指をついて頭を下げ、「ほんとうにほんとうにつまらないものではございますが、あたしが額《ひたい》に汗《あせ》して手に入れたフランス産チョコレートを、どうぞおおさめくださいませ」と頭を下げた。家のなかに入ってからも、ステラとおばあちゃんは、わたしとパパのことを十五分近く無視《むし》した。五、六年ぶりに訪《おとず》れたというのに、おばあちゃんの家で自分がオマケみたいにあつかわれるなんて思いもしなかった……。わたしはステラを日本の旅に誘《さそ》ったことを、ほんのちょっぴり後悔《こうかい》した。

でも、いまのはやきもちのせいで大げさに言っただけだ。ほんとうはもちろん、わたしはうれしくてたまらない。だってステラは心からわたしのおばあちゃんのことが大好きで、それはおばあちゃんが日本人だからという理由だけじゃないことがわかるから。それに……、おなじ言語を話さないおしゃべり屋さんがふたり、おたがい通じあっているみたいに話しているのをみるのは楽しい。

おばあちゃんの家は、京都市北部の鴨川沿《かもがわぞ》いにある。わたしたちは毎日、外出先から戻《もど》る途中《とちゅう》、散りはじめた桜の花や野生の生きものや、川べりで本を読んでいる学生さんたちをながめている。

ラーメンとギョーザもたくさん食べている。食事の時間は、ステラのための即席《そくせき》の日本語教室になっている。おばあちゃんはいい先生で、どんなときにもしんぼう強く、何度も何度も日本語の単語や文章を繰《く》り返す。パパはしあわせそうにみえる。どうなるかな、とわたしは心配していたけれど、今回の日本滞在《たいざい》はパパにとって、おそれていたほどつらいものではなかったようだ。もちろん思い出の場所を歩いたりしたときには、視線《しせん》を宙《ちゅう》にさまよわせ、のどがしめつけられているような表情になる。でも、なんとか乗りきっている。

パパは自分の感情をちゃんと言葉に出すことで、埋《う》もれていた傷《きず》をいやすことができるようになったのだ。

日本に来て初めての水曜日、パパが関西で最大規模《きぼ》のコスプレイベントに行こうと誘《さそ》ってきた。パパに「コスプレ」[*1]がなんだか教えもらったステラは、歓声《かんせい》をあげ、うれしくて心臓《しんぞう》が止まったふりをした。

地下鉄に一時間ぐらい乗ったあと、わたしたちはイベント会場の巨大《きょだい》な複合施設《しせつ》の前にできていた行列にならんだ。

まわりの人のほとんどが、全身コスプレで決めていた。ステラは発作が出ているわけではないけれど、サスケの格好をした人をみかけるたびにヒッと胸《むね》が苦しくなり、ぜんそく薬の小さな容器を口にくわえて吸《す》いこんだ。

おばあちゃんは居心地が悪そうだった。わたしたちがどうしてこんなに興奮《こうふん》してはしゃいでいるのか、いまいち理解できないのだろう。それにショートパンツ姿《すがた》の血まみれのナース、黄色い目をした突然変異種《ミュータント》のトカゲ、聖闘士星矢《セイントセイヤ》、サイボーグ剣士《けんし》たちにかこまれるのは、お年寄りにとってはとまどう状況《じょうきょう》にちがいない……。それでもおばあちゃんは、ピカチュウの格好をした男の子を抱《だ》きしめてあげた。魔法使《まほうつか》いのカカシになった男の子の父親に、「写真を撮《と》るのでお願いします」と頼《たの》まれたのだ。カカシ姿《すがた》のお父さんがなぜ、行列のなかでいちばんのお年寄りにハグされている自分のピカチュウの息子を写真におさめたいと思ったのか、その理由はだれにもわからなかったのだけれど。オタクの人にはオタクの人なりの考えがあるのだろう。

わたしたちはついに、イベントが開催《かいさい》されているメインの会場に入ることができた。なかは熱狂《ねっきょう》がうずまいていた。何百人、何千人ものコスプレイヤーが、大音響《だいおんきょう》で流れているさまざまなアニメソングにあわせて踊《おど》ったり、有名アニメのキャラクターがあしらわれたお菓子《かし》を食べたり、公式コスチュームのグッズを買い求めようと販売《はんばい》ブースで押《お》しあいへしあいしたりしている。

熱気ムンムンの人だかりにかこまれてしばらく驚《おどろ》きに目をみはっていると、ふいにどこかから〈ナルト〉のシーズン３のテーマソングが流れだした。するとそれだけでステラはたちまち心をうばわれて、炎《ほのお》に吸《す》い寄せられる蛾《ガ》みたいに（あるいは新鮮《しんせん》な肉に飢《う》えたゾンビみたいに）、近くにあるスピーカーを探《さが》しに行くためわたしたちから離《はな》れていった。たぶん、音質のいいスピーカーに直接耳をくっつけて音楽をきこうとしたのだろう。ステラの姿《すがた》がたちまち人ごみにまぎれてしまったので、おばあちゃんが言った。

「スピーカーのある場所、わかるような気がするわ。ステラを連れもどしてくるから、あなたたちはここで待ってなさい」

そしておばあちゃんは、わたしのすてきな親友を救出するというたったひとつの使命を胸《むね》に、架空《かくう》のキャラクターの群れのなかにのみこまれていった。

パパとわたしは、イケイケのコスプレイヤーたちにかこまれながらその場につっ立っていた。

するとまた急に音楽が変わり、今度は〈ドラゴンボール〉のテーマソングが流れてきた。わたしはすぐに過去のあれこれのシーンを思いだし、パパにきこえるように大きな声でたずねた。

「わたしが小さかったころ、ママがわたしにこの歌を教えてくれたの、おぼえてる？」

「うん……うん、毎年ぼくの誕生日《たんじょうび》に歌わせようとしてね……。歌詞《かし》を思いだせるか？」

どうかな、でもやってみよう……。わたしは音楽にあわせておずおずと歌いだす……。

ママはどうやらわたしの心に、いくつかのことをしっかり刻《きざ》みつけてくれたらしい。頭のなかに少しずつ歌詞《かし》がよみがえってくる。

というわけでわたしは、自分が忘《わす》れていないのを忘《わす》れていたことに気がついた。

パパは歌っているわたしをみながら、なにか複雑な感情がこみあげてきたようだった。そしてそれはかならずしも悲しみというわけではなく、むしろ過ぎ去った青春をなつかしむような感情で、そうしたノスタルジーがあらためてパパの胸《むね》を満たしているみたいだった。パパはリフレインのところからいきなりわたしの歌に加わった。そしてふたりで、まわりにいる関西のコスプレイヤーたちもオタクの人たちのことも忘《わす》れて、〈ドラゴンボール〉のテーマソングを熱唱した。ママは誇《ほこ》りに思ってくれただろう。

歌が終わると、ジョーカーの格好をした女の人と超大型巨人《ちょうおおがたきょじん》と、何匹《なんびき》かのポケモンが拍《はく》手《しゅ》してくれた。

パパとのあいだに、微妙《びみょう》な沈黙《ちんもく》が流れた。〈ドラゴンボール〉のテーマソングのせいだ。この歌は、どうしたってママのことを思いださせる……。最初に口をひらいたのはパパだ。

「エリーズ、この週末、よかったら……行かないか……いっしょに……」

遠くのほうで何人かが叫《さけ》んだので、最後の言葉はききとれかった。でも、パパがわたしをどこに連れていこうとしているのか、わたしにはよくわかっていた。

「もちろん行きたい、パパ。わたし、ママのためにフランスからわざわざあるものを持ってきたんだよ。おぼえてる？」

「うん。ぼくも持っていきたいものがあって……」

会話がとぎれた。おばあちゃんとステラが戻《もど》ってきたのだ。というか、おばあちゃんとサスケが。

「みて、みて！　あたし、サスケのコスチューム、もらっちゃった！　ほらほら、サスケのコスプレだよ！」

ステラはときどき、自分がどれほどヘンテコかわかっていないことがある。このときも、頭にみょうなカツラをかぶり、肩《かた》に青い布きれをぶらさげていた。人生を賭《か》けているほんもののコスプレイヤーに、コスプレをおちょくっていると思われてしまいそうな格好だった。けれども少なくとも本人は心から楽しんでいて、そこがステラの魅力《みりょく》のひとつだった。

わたしたちはイベントが終わる前に帰ることにした。終了時《しゅうりょうじ》には出口に大勢が押《お》し寄せて大渋滞《だいじゅうたい》するはずだから、それをさけようと考えたのだ。午後に何時間かイベントに参加しただけで、わたしたちはもうヘトヘトだった。ものすごい音、ものすごい人ごみ、ものすごい量の関連グッズに圧倒《あっとう》されて……。

おばあちゃんの家に戻《もど》ると、わたしたちはできるだけ早く休みたくてさっとご飯を食べた。わたしは、こういったたぐいの疲《つか》れには慣れていなかった。

おばあちゃんの家でステラとわたしは、おばあちゃんといっしょの部屋に寝《ね》ていて、パパだけがひとりで小さな部屋を使っていた。

ステラといっしょに一枚《まい》の大きな布団に横になっていると、ステラがきょうのことでわたしにありがとうを言ってきたので、「ジグソーパズルの無料トレーニングのお礼だよ」と答えた。するとステラは目を細め、サスケのカツラを胸《むね》にぎゅっと抱《だ》きしめた。おばあちゃんが部屋に入ってきて、「そろそろ電気を消しましょうかね」と言い、ステラに「おやすみ、すてら、また明日」と声をかけた。それからわたしのほうに身をかがめて、おでこにチュッとキスしてくれた。「よく眠《ねむ》るのよ、おちびちゃん」と愛情のこもった声でささやきながら。それから自分のベッドに入った。

ステラのほうをみると、瞳《ひとみ》がちょっとだけさびしそうにかげっていた。ステラにとって日本は天国みたいなところだけれど、それでもいま、家族と離《はな》ればなれだ。というわけでわたしは、心にちょっぴり残っていたやきもちのかけらを片《かた》づけて、おばあちゃんに呼《よ》びかけた。

「おばあちゃん、ステラのおでこにもキスしてあげたら、ステラはよろこぶんじゃないかな？」

おばあちゃんはベッドから起きだしてきて、ステラのおでこにもチュッとキスをした。

＊1　コスプレは、キャラクターにできるだけ深くなりきる遊びだ。そのため、コスプレイヤーは愛するキャラクターに完璧《かんぺき》に似せようと、コスチュームやカツラ、メイク、しぐさを何時間もかけて研究してマネをする。ママは大学時代に一度、コスプレをしたことがあると言っていた気がする。今度パパにきいてみよう……。

31 うわさをすれば、なんとやら……

金曜日、わたしたちは市の中心部にある円山公園《まるやまこうえん》に行くことにした。途中、京都の繁華街《はんかがい》を通った。そこにはバラエティ豊かな大きなお店がずらりと軒《のき》を連ねていた。でも、わたしたちの目をいちばんに引いたのは、一風変わった建築様式を持つ劇場《げきじょう》だ。

それは正面の壁《かべ》が金色と赤に塗《ぬ》られた建物で、わたしたちが歩いている大通りから少し奥《おく》まったところにあった。気づかずに通りすぎるのはありえなかった。それというのも、いかにも日本らしい建物の特徴《とくちょう》（傾斜《けいしゃ》がまっすぐで、縁《ふち》が上にそり返っている屋根）をそなえているいっぽうで、壁《かべ》に超大型《ちょうおおがた》スクリーンが取りつけられていたのだから。そのせいで当然、伝統的な日本の建物とはちょっとちがった雰囲気《ふんいき》がかもしだされていた。スクリーンには今夜の出しものを宣伝《せんでん》するビデオが繰《く》り返しえんえんと流れていて、ビデオのなかでは日本人の女性の役者さんが、いまにも彼女《かのじょ》におそいかかりそうになっている鬼《おに》のお面をかぶった端役《はやく》たちに取りかこまれながら、とってもとってもわざとらしい悲劇的《ひげきてき》なポーズ（片手《かたて》を額《ひたい》にあて、ううっと頭を後ろにのけぞらせているようなやつ）を取っていた。その役者さんは、ずいぶん役にのめりこんでいるみたいにみえた。宣伝《せんでん》ビデオだからなんとも言えないけれど、わたしはその物腰《ものごし》に、大スターのオーラのようなものを感じた。はっきり言えば、落ち目の大スターのオーラのようなものを。とそのとき、ステラとわたしは同時にあることに気がつき、思わず声をあわせて叫《さけ》んだ。

「なんだか、ドドノン先生みたい！」

ステラが続けた。

「そうそう、エリーズが二週間前に病気で学校を休んだとき、あたし、ひとりぼっちで退《たい》屈《くつ》だったから、暇《ひま》つぶしに先生たちの休憩室《きゅうけいしつ》のドアに耳をくっつけてみたんだ。聴力《ちょうりょく》検査の一環《いっかん》として」

「えっ、そんなことしたの？」

「うん。でね、その日、ドドノン先生がフランス語の先生に話してるのをきいたんだ。出会い系《けい》アプリを使って、日本人の女の人とちょくちょくチャットしてるって！　この前、ドドノン先生ってば、陶器《とうき》のブタと金ヅチと燃料サーチャージの話をしてたよね。どうだろ、ドドノン先生、ひょっとして日本に来るつもりで貯金箱を……」

「あらっ、エリーズとステラじゃありませんか！　ちょうどいいところにいたわね！」

まさに、〝うわさをすれば、なんとやら〟だ！　それというのも、エメラルドグリーンの浴衣《ゆかた》*1を着て、鼻の先にサングラスをひっかけたドドノン先生が登場したからだ！　休暇《きゅうか》を楽しんでいるわたしたちの真ん前に、まるでワープしてきたみたいに。ここ、日本の京都に！

「先生、ほんとうに先生ですか⁉」

けれどもわたしの美術の先生は、偶然《ぐうぜん》こうして会ったことにわたしほど驚《おどろ》いてはいないみたいだった。先生は、フランスのド田舎にあるわたしたちの中学校の美術室にいるのとまったくおなじ調子で話しかけてきた。

「ほかにだれがいるっていうの？　ダライ・ラマかしら？　わたくし、ちょうど休暇明《きゅうかあ》けの授業でみなさんにつくってもらう課題のテーマを考えていたところなんです。あっ、そうそう、ここから二本通りをくだった先の角にある小さなカフェはおすすめですよ。抹茶《まっちゃ》ラテがね、とってもおいしいの。で、テーマについてはね、〝長い旅路から人生への帰還《きかん》をつくりだす〟みたいなものを思い浮《う》かべていたところ。深いテーマだと思いません？　どうかしら？」

わたしはまだ目をぱちくりしていた。これはほんとうに現実なのか？　頭をしゃんとさせようとして、一瞬《いっしゅん》、先生から目をそらした。超巨大《ちょうきょだい》スクリーンでは例の役者さんが、近づいてくる鬼《おに》のひとりのほっぺたをぴしゃりとひっぱたいていた。このビデオの撮影中《さつえいちゅう》にもしかしたら手首を痛《いた》めてしまったのではないか、と思えるほどの強烈《きょうれつ》な一発で……。

「アッ、フミ！　ココ　ニ　イマス!!」[*2] 突然《とつぜん》、ドドノン先生が片手《かたて》をふりながら叫《さけ》んだ。

劇場《げきじょう》の両びらきのドアから、ビデオに出演していた役者さんが出てきた。彼女《かのじょ》は紫色《むらさきいろ》のふわりとしたロングドレスを優雅《ゆうが》にひるがえしながらドドノン先生のほうに駆《か》けより、その胸《むね》に飛びこんだ。ドドノン先生が登場するとかならずそうなるように、映画《えいが》のワンシーンみたいだった。通行人がちらほら、そのようすを撮影《さつえい》していた。

そのあと役者さんがわたしたちにうやうやしくおじぎをし、先生が紹介《しょうかい》してくれた。

「コレ　ワ、フミサン。ワタシ　ノ　アタラシイ　ガルフレンド　デス！」[*3]

わたしは夢をみているわけではないことをたしかめようと、こっそり自分の体をつねってみた。いや、これはまちがいなく現実だ。わたしの美術の先生が、日本の落ち目の役者さんとデートしている！　でも、これは結局、いいことだよね……。だってドドノン先生がようやく、ダニエラさんを忘《わす》れさせてくれる人にめぐりあえたんだから。しかも相手は、ほんもの**アーティスト**だ。

フミさんはものすごくきれいだった。彼女《かのじょ》の瞳《ひとみ》には、わたしのちょっと変わり者の先生の情熱に通じるなにかがきらめいていた。ついでに言えば、フミさんは右の手首に包帯を巻《ま》いていた。思ったとおり、鬼《おに》のほっぺたにくらわせたあの強烈《きょうれつ》な一発で、手首を痛《いた》めたにちがいない。

わたしたちは先生とほんの少しだけ世間話を交わし、そそくさと別れを告げた。

「それじゃ、わたしたち、このへんで失礼します。先生、さようなら」

「うん、さよなら、先生。先生に会えて、すっごくうれしかった。先生のキモノ、とってもきれいです。フミサン、マタネ！」

「ありがとう、ステラ。また、来週。ふたりとも日本のバカンスを楽しむんですよ！」

パパはさっそく、ドドノン先生おすすめのカフェに寄ってみようと提案した。「混乱《こんらん》してる頭を、ちょっと整理したいから」と言って。


わたしは抹茶《まっちゃ》ラテを飲みながら、ドドノン先生が日本にいることを知ってわたしの心のなかの小さな声が少しばかりよろこんでいることに気がついた。それはまるでこの旅に欠けていたピースがみつかったような、そんな気持ちだった……。

パパがお勘定《かんじょう》を頼《たの》むと、ウェイトレスがほほえみを浮《う》かべながらカフェの店内を横切ってやってきた。そのドスドスという力強い大股《おおまた》歩きをみながら、わたしはとっさに、次の美術の授業の課題のタイトルをひねりだそうと頭をしぼった。そして、思わずくちびるをかんで天をあおいだ。わたしの頭にすぐさまそんなことを考えさせるなんて、ドドノン先生、おそるべし……。

＊1　浴衣《ゆかた》は薄地《うすじ》の着物で、男性も女性も着る。一般《いっぱん》に考えられているのとはちがい、浴衣《ゆかた》を着るのは特別な機会だけじゃない。その証拠《しょうこ》に、ママはパジャマがわりに着る浴衣《ゆかた》も持っていた。

＊2　ドドノン先生がなんと、日本語をしゃべった！　正直、少しぎこちない言い方で、日本語ネイティブだったらこんなふうには言わないかもしれない。でも、文法的には正しい！

＊3　いま思ったんだけれど、ドドノン先生はおそらく、観光ガイドブックのなかにあった例文を使ったんじゃないかな。先生の日本語は文法的には正しいけれど、発音がおそろしいほどフランス語なまりだった。たぶん日本でドドノン先生の日本語を理解できる人は、なかなかいないと思う。

32 竹林の先にあるお墓

土曜日。わたしたちは夜明けの時間帯、つまり六時前におばあちゃんの家を出る。京都の町にお日さまがほんのちょっとだけ顔をのぞかせている。パパとわたしはそれぞれ自転車にまたがる。これからお墓に行くのだ。自転車は二台ともカゴがついていて、どちらのカゴにもプレゼントが入っている。

ひとつには、パパからの。

もうひとつには、わたしからの。

西賀茂毘沙門山《にしがもびしゃもんやま》まで行くには、自転車で三十分もかかる。目的地までは急な坂の連続で、まさにハードなスポーツだ。えっちらおっちらペダルをこいで、ようやく到着《とうちゃく》した。

西賀茂毘沙門山《にしがもびしゃもんやま》は京都市の北西にあり、だれでも入れる自然の森のなかに墓地が広がっている。ママのお墓まで行くのに、パパとわたしは両側に巨大《きょだい》な竹が生えている石だたみの道を進まなければならない。竹林は青々《あおあお》として見事だ。姿《すがた》をみえ隠《かく》れさせながら近くを流れる小川のせせらぎもきこえてきて、とてもすがすがしい気持ちになる。

パパとわたしは無言で歩く。パパは、おばあちゃんが紙に書いてくれた地図に目を凝《こ》らしている。地図のまんなかに、ママのお墓がハートマークで記されている。

自転車は墓地に入る前、竹林のずっと手前の坂の下にとめてきた。パパとわたしの手にはそれぞれ、ママに贈《おく》るプレゼントが握《にぎ》られている。

ちょっと寒くて、まだしめっぽい感じがするけれど、わたしのまわりの空気はぬくんでいる。ぬくんでいてやわらかい。

あちこちで地元の人とすれちがう。わたしたちみたいに、大切な人に祈《いの》りをささげにやってきたんだろう……。

「パパ、あの人たちもわたしたちとおなじくらい遠くから来たのかな？　おなじくらい大変な思いをして、ここまでペダルをこいできたのかな？」

わたしはわざとこんな質問をした。〝遠くから来た〟と〝大変な思いをして〟に二重の意味をこめて。

パパはわたしをみて、わたしのほっぺたをなでた。

「十四時間も飛行機に乗ってここまで来たわけじゃないことだけはたしかだな……」

パパは両手で小さな長方形のプラスチックの容器を握《にぎ》りしめる。

「でも、ここに来るのにそれぞれがどんな苦しみを経《へ》たのかはわからない……。そういうことは本人しかわからないからね。もしかしたらこの人たちの旅のほうが、もっとずっと長かった可能性もある。ぼくらの旅よりも、っていうか、ぼくの旅よりも……」

「わたしたちふたりの旅だよ、パパ」

「うん。でも……」

パパは口をつぐむ。そして左手にある竹林に顔を向け、じっとみつめる。だけどパパが話しかける相手はわたし、娘《むすめ》のエリーズだ。

「ありがとう、エリーズ。ここまで来るのにぼくを支えてくれて、ありがとう。ふつうだったら、父親であるぼくのほうが力になって……」

パパはここでまた言いよどむ。

「エリーズ、これまでつらい思いをさせてしまったこと、ほんとうにすまなかったと思ってる。ママの思い出を大切にしなければならなかったし、おまえにママのことを話さなければならなかった。日本語を使いつづけられるようにしなければならなかった。おまえが好きなものを尊重《そんちょう》しなければならなかった。なのに、そうするかわりにぼくは、いったいなにをした？　庭に穴《あな》を掘《ほ》り、悲しみをごまかすためにタマネギを切った。ぼくにママのことを思いださせるようなことはしないようおまえに強いた。ほんとうにすまない」

わたしもパパとおなじ方向に顔を向け、大きな竹林をじっとみつめる。まわりの人たちは、わたしたちがなぜ左を向いて話しているのか首をかしげているはずだ。

「それでもパパはピアノを直したし、ステラのために航空券《こうくうけん》を買ってくれた。パパはりっぱに挽回《ばんかい》したよ」

パパはほっぺたをぬぐう。この先にそなえて、ここで涙《なみだ》をムダづかいするわけにはいかない。パパはわたしのほうに向き直り、涙《なみだ》で赤くなった目でわたしをみつめ、わたしの頭にそっと自分の頭を寄せる。それからふたりで竹林の道の先にある墓地まで進み、ずらりとならぶ墓石のなかから、わたしたちに関係するたったひとつのお墓を探《さが》す。

おばあちゃんが地図につけてくれたハートマークのおかげで、ようやくお目あてのお墓をみつける。ママ……。

でも、パパもわたしもお墓まで近づく勇気が出ない。わたしたちは、ママが眠《ねむ》るお墓の細長い石から二、三メートル離《はな》れたところにならんでつっ立っている。パパの顔がこわばっている。そう遠くないところに、大蛇丸《オロチまる》の気配を感じる。大蛇丸《オロチまる》の怒《いか》りが、ここでまた目を覚ましてしまうんだろうか？

パパがぶるっと頭をふる。頭のなかにひびく悪魔《あくま》のささやきを追い払《はら》うみたいにして。パパは握《にぎ》っていたわたしの手を離《はな》し、墓石の足もとにプラスチックの容器を置きに行く。そしてお墓の前に立って語りかける。

「もうミカンの季節じゃないから、かわりに……かわりに……、キウイを切ってきたよ……」

パパは最後の「よ」で悲しみを爆発《ばくはつ》させ、墓石を抱《だ》きしめて泣く。愛と謝罪とさびしさを訴《うった》える言葉があふれだす。涙《なみだ》の粒《つぶ》が数えきれないほどぽろぽろとママの石の体をすべり落ち、墓のまわりにまばらに生えている草をぬらす。わたしはパパを抱《だ》きしめてパワーを分けてあげたいと思うけれど、そうはしない。いまはパパとママの時間だから。わたしは後ろでじっとしている。

周囲には淡《あわ》い黄色の光が満ちている。お日さまは竹林の背後《はいご》にある丘《おか》のてっぺんまでまだのぼっていないけれど、ゆっくりその姿《すがた》をあらわしはじめている。

パパが悲しみを爆発《ばくはつ》させた時間はそんなに長くない。たぶん一、二分ぐらいだろうか。泣き終えると、パパはしゃんと姿勢《しせい》を正し、わたしのほうに向き直りながらママに呼《よ》びかける。

「ほら、ぼくはエリーズといっしょに来たんだよ。エリーズのことを……きみはきっと誇《ほこ》りに思うはずだ。ぼくはこの子を誇《ほこ》りに思ってる」

さあ、今度はわたしの番だ。

わたしはそっと前に進みでて、さっきからずっと夢中で胸《むね》に抱《だ》きしめていた箱のふたをあける。それから一歩、遠慮《えんりょ》がちに足を踏《ふ》みだしてパパのとなりにならび、箱の中身を墓石の足もとに置く。そして自分の心にたしかめる——今度はわたしが話しかける番だよね？　話しかけることで、大切に想《おも》う気持ちを伝えるんだよね？

わたしはおずおずと口をひらく。

「わたし……、わたし、ママがくれたジグソーパズルを完成させたよ。この四年、このパズルにいっぱい、いっぱい……助けてもらったよ。ありがとう」

そのあとはもう、なにを言えばいいのかわからない。いろいろな言葉がのどの奥《おく》につっかえている。だれもいない空中に語りかけるのは、ものすごくむずかしい……。ママが目の前にちゃんとほんとうにいてくれたら、どんなにどんなにいいだろう……。

わたしの沈黙《ちんもく》に答えるみたいに、そよ風がわたしの前にあるピンク色の花びらの一群を揺《ゆ》らす。風は花びらを舞《ま》いあげて吹《ふ》き抜《ぬ》けていく。遠くで春ゼミが鳴きはじめる。とてもきれいなメロディーだ……。

お日さまがのぼり、日差しがわたしたちの顔をてらす。

わたしは息を吸《す》って、言う。

「オハヨウ、ママ」

謝辞

五カ月のあいだ日本の京都での暮《く》らしにどっぷりつかりながらこの作品を書くことができたのは、ぼくにとってとてもラッキーなことだった。

というわけで、本書の執筆《しっぴつ》に関してぼくが感謝をささげなければならない人びとのリストは長大で、それはフランスと〝日出ずる国〟日本を隔《へだ》てる距離《きょり》ぐらいになる。

まずは、ぼくの京都滞在《たいざい》を可能にしてくれた関西日仏学館のジュリエット・シュヴァリエさんと立命館大学（当時）の吉田恭子《よしだきょうこ》さんにひれふさんばかりの特大の感謝をささげなければならない。おふたりにはぼくが日本に入国できるよう、めいっぱい手を尽《つ》くしていただいた。ちょうどコロナ禍《か》のさなかで、日本は外国人にピタリと扉《とびら》を閉《と》ざしていた。でもこの驚《おどろ》くべき女性たちは、びっくりするほどスピーディーにぼくのために特別なビザを取得してくれた。おふたりがいなかったら、この小説は生まれていなかっただろう。

シェアハウスの仲間たちにも感謝したい（とはいえ、京都の鴨川《かもがわ》のほとりにあるこの大きなシェアハウスには当時二十二人が滞在《たいざい》していたから、全員の名前を挙げるわけにはいかない)。ここではとくに、エマとトニーについてひとこと触《ふ》れておこう。彼《かれ》らはいわゆる「ハーフ」で、日本における「ハーフ」の立場について、そしてふたつの文化、ふたつの言語と自分たちとの関係ついて、たっぷり話をきかせてくれた……。

トモにもアリガトウを言いたい。トモから「お盆《ぼん》」というものが、ぼくの最初の原稿《げんこう》にあった描写《びょうしゃ》とはまったく性格のちがうものであることを教えてもらったとき、ぼくは足もとの大地がくずれ落ちるような衝撃《しょうげき》を受けた(まったくゾッとするし、冷や汗《あせ》ものだ!なにしろ最初は、ソノカおばあちゃんがお盆《ぼん》の行事を強行するためフランスに乗りこんでくる設定だったのだから……)。

温泉《おんせん》友だちのヨーヘイにも感謝。ヨーヘイのおかげでまた日本に来たいと思ったし、彼《かれ》はぼくの今回の冒険《ぼうけん》を陰《かげ》ながら、とはいえ、ぐいぐい牽引《けんいん》してくれた。

ミリアン・ダルトアさん、そしてとくに息子さんのノエにも感謝します。ノエには日仏「ハーフ」として自分の体験や死生観について、長々《ながなが》とインタビューさせていただいた。ノエ、きみが話してくれたエピソードはひとつも、それこそひとつも作中にはもりこんでいない。まったくの**ゼロ**。だけど、誓《ちか》って言おう。きみとの時間は、ぼくにとってどうしようもなく必要だった!

フランス側については、出版に先立って原稿《げんこう》を読み、意見をくれた方々《かたがた》にまずは感謝しなければ。

イゾール、率直な意見をくれ、テクストに軍神アポロンも真っ青な、真剣《しんけん》できびしいまなざしをそそいでくれたことに感謝する。そしてぼくの名づけ親のシルヴィー、ぼくの世界（リアル**および**文学）に満ちている光と色彩《しきさい》とかがやきとよろこびは、あなたからもらったものだ。どうもありがとう。

ぼくの弟のジャンゴ、ぼくはきみにこのくだりを書きながら涙目《なみだめ》になっている。ぼくの文章を**いつも**読んでくれて、ぼくを**いつも**愛してくれて、ありがとう。この関係にありがとう。

リュシル、ぼくの「オノ」（オノは彼女《かのじょ》の愛称《あいしょう》だ）、最初からぼくを信じてくれてありがとう。ぼくがシェアハウスの自室の床《ゆか》にひっくり返り、「絶対にむりだ、もう書きたくない……」とおのれの運命をなげいていたときのあのSOSの電話に応じてくれてありがとう。きみはぼくが敗北を認《みと》めてリング上で投げたタオルを空中でキャッチし、そのタオルでやさしくぼくのほおをふいてくれた。涙《なみだ》と汗《あせ》をぬぐってくれてありがとう。

ジュリー、各章を分析《ぶんせき》する四十五分間のボイスメッセージに感謝。ぼくの「センシティブ・リーダー」を務めてくれて、ぼくのづづりのまつがいに気づいてくれてありがとう。

そしてなにより、長年の友情にありがとう。

リシア、この小説を一〇〇パーセント認《みと》めてくれた最初の読者になってくれてありがとう。それがどれほどぼくを勇気づけ、刊行を信じる力になったか、きみは知らないだろう。変わらぬ友情に感謝。

アルメノ、きみがぼくのそばにいて、毎日支えてくれたことを感謝する。きみの母語ではない言語で書かれた原稿《げんこう》を読んでくれたことにも。ぼくの筆の力をつねに信じ、手厳《てきび》しいアドバイスをくれたことにも――「この箇所《かしょ》はフェイスブックの出来の悪い投稿《とうこう》みたいだな、アントニオ。書き直さないとダメだろ」。このコメントに、〝いいね！〟。

演劇《えんげき》関連の出版社〈エディシオン・テアトラル〉の社長で、ぼくの最初の守護天使かつ最初の編集者でもあるピエール・バノスが物書きとしてよちよち歩きを始めていたぼくを支えてくれなかったら、ぼくは小説を書く勇気を永遠に持てなかっただろう。心から感謝する。ピエールにはほんとうにお世話になった。そうそう、ぼくはついでにここで、青少年向け現代演劇本《えんげきぼん》の魅力《みりょく》を声を大にしてアピールしたい。それはもう、おもしろいなんてものじゃない！

そして、はずかしげもなく息子をスターあつかいしたぼくの両親にありがとうの言葉をささげたい。ぼくがほんの幼《おさな》いころから、「どうだ、新たな『ハリー・ポッター』を書いてみないか？　それとも、ピザの店をオープンさせるか？」と繰《く》り返したずねてきた父へ。『ハリー・ポッター』にははるか遠くおよばないし、四種のチーズのピザからも遠く離《はな》れたところにいるけれど、あなたのこの言葉がぼくに力をくれたことはまちがいない。

そして最後に、この本を読んでくれたみなさんへ。どうもありがとう。
マタネ！

アントニオ

訳者《やくしゃ》あとがき

本書（原題 *On ne dit pas sayonara*）の主人公エリーズは、フランスに住む十二歳《さい》の女の子。ピアニストだった日本人のお母さんを八歳《さい》で亡《な》くし、フランス人のお父さんとふたりきりで暮《く》らしている。お父さんは死んだ妻の思い出と妻の祖国である日本を消し去ろうと、エリーズにいろいろな決まりを課していた。日本語を話してはいけない、マンガを読んだり、アニメをみたりしてはいけない、ピアノのある部屋に入ってはいけない……。けれどもそんな窮屈《きゅうくつ》なルールに縛《しば》られていたエリーズの単調でさびしい暮《く》らしが、とっぴなステラと友だちになり、日本からおばあちゃんが乗りこんできたことで少しずつ変わっていく……。

この物語を書いたアントニオ・カルモナさんは、一九九一年、南フランスのニーム生まれ。十八歳《さい》のとき俳優《はいゆう》を目指して演劇《えんげき》学校に入り、その後、とくにピエロを志して道化師養成学校で学ぶ。けれども同学校を卒業したとき、「自分には言葉が足りない、人生でしあわせになるには言葉が必要だ」と感じたらしい（そう言えば、ピエロはおしゃべりしませんものね)。そこでピエロの赤鼻をはずしてペンを握《にぎ》り、子ども向けの戯曲《ぎきょく》に取り組むことに。演劇《えんげき》作品を何本か発表したあと、初の小説となる本書で見事、フランスの大手児童書出版社ガリマール・ジュネス、情報誌テレラマ、ラジオ局RTLが主催《しゅさい》する二〇二三年度「児童文学新人賞(Concours du Premier Roman Jeunesse)」にかがやいた。

そんなアントニオさんに、日本にルーツを持つ女の子を主人公にしたこの物語のアイディアを思いついたきっかけをたずねると、こんな答えが返ってきた。

「まず頭にあったのは、親を亡《な》くして傷《きず》ついた心をいやすためにジグソーパズルのピースを組み立てている女の子のイメージだった。ぼくはその子に、ぼくの国のやり方とはちがうかたちで死者を悼《いた》んでほしかった。フランスでは(少なくともぼくが育った環境《かんきょう》では)、死者についてあまり語られないし、お墓の前に彼《かれ》らが好きだったものをささげることも、家のなかに彼《かれ》らをしのぶ祭壇《さいだん》を設けることもない。そのせいで死者の存在《そんざい》が消されてしまっているような、沈黙《ちんもく》が言葉よりも強く心の痛《いた》みを引き起こしているような気がしていたんだよ。でも日本には死者の思い出をとても大切にする儀式《ぎしき》や習慣があることを知り、死者とのあいだにもっと安らかな関係が築かれているように思えたんだ。それにぼくにはフランス人とスペイン人の血が流れているから、ふたつのルーツや文化に引き裂《さ》かれている子どもに光をあてたいとも考えた……」

そもそもアントニオさんが日本に興味を持ったのは、日本語を学んでいた亡《な》きお母さんの影響《えいきょう》があるようだ。また、二〇一八年に初めて来日したとき日本に夢中になり、「かならずこの国に戻《もど》ってきて小説を書く」と心に誓《ちか》ったらしい。ちなみにアントニオさんのお気に入りのアニメは、〈NARUTO－ナルト－〉でも〈ドラゴンボール〉でもなく、〈鬼《き》滅《めっ》の刃《やいば》〉。さらに、作中でエリーズたちが京都でドドノン先生と偶然《ぐうぜん》出くわした劇場《げきじょう》は、アントニオさんが「南座《みなみざ》」からインスピレーションを得てつくりだした架空《かくう》の施設《しせつ》とのことだ。

アントニオさんから日本の若《わか》い読者にあてたメッセージをいただいているので、以下に紹介《しょうかい》しておこう。

「エリーズの物語を読んでくれてありがとう。日本の文化について、ぼくが途方《とほう》もないかんちがいをしていないことを祈《いの》るばかりだよ。本書をきっかけに、フランスとフランスで書かれた小説にも興味を持ってもらえたらうれしいです」

訳者《やくしゃ》からもひとこと。お母さんからの最後のプレゼントとなったカクレクマノミのジグソーパズルでさびしさをまぎらわせてきた、ひかえめでけなげなエリーズ。おしゃべりで騒々《そうぞう》しいけれど、人一倍やさしくて感受性豊かなステラ。タマネギを言いわけにしてしか涙《なみだ》を流すことのできない、不器用で、でも愛情いっぱいのお父さん。娘《むすめ》を亡《な》くしたかなしみを抱《かか》えながらも、娘《むすめ》の思い出を大事にして前向きに生きるソノカおばあちゃん。そして、なにごとにもめっちゃ、か、か、か、かのめりこむドドノン先生。登場人物のそれぞれがとびきり魅力的《みりょくてき》でいとおしい、切なくて心温まるこの作品に出会えたことを、訳者《やくしゃ》はとってもとってもしあわせに思っている。翻訳《ほんやく》にあたっては、作者のアントニオさんと小学館クロスメディア事業局の吉見世津《よしみせつ》さんにたくさん助けていただいた。心より感謝します。

二〇二四年十一月

この物語はフィクションです。
作中の人物・団体・できごと・ニュースなどは全て実在のものとは関係ありません。

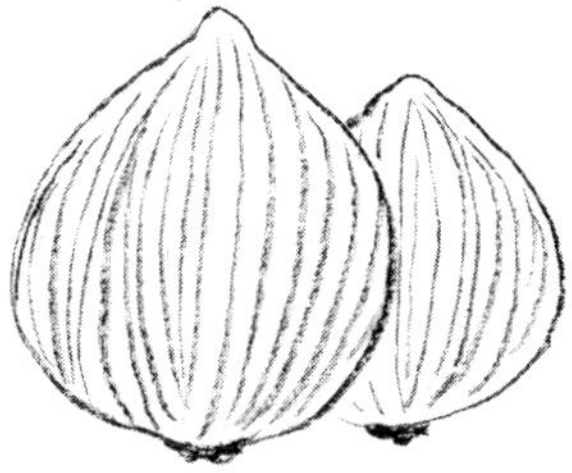

本作品は、在日フランス大使館翻訳助成金を受給しております。

AMBASSAD
DE FRANCE
AU JAPON
Liberté
Égalité
Fraternité

本作品は、アンスティチュ・フランセのパリ本部の翻訳助成金を受給しております。
Cet ouvrage a bénéficié du soutien du Programme d'aide à la publication de l'Institut français.

INSTITUT
FRANÇAIS

サヨナラは言わない
2025年2月18日　初版第1刷発行

作　アントニオ・カルモナ
訳　加藤かおり

発行人　斎藤満
発行所　株式会社小学館
〒101-8001　東京都千代田区一ツ橋2-3-1
電話　編集03-3230-5563
販売03-5281-3555

DTP　株式会社昭和ブライト
印刷所　萩原印刷株式会社
製本所　株式会社若林製本工場
Japanese Text © Kaori Kato 2025
Printed in Japan　ISBN978-4-09-290681-5

*造本には十分注意しておりますが、印刷、製本など製造上の不備がございましたら「制作局コールセンター」(フリーダイヤル 0120-336-340) にご連絡ください。(電話受付は、土・日・祝休日を除く 9:30 ～ 17:30)
*本書の無断での複写 (コピー)、上演、放送等の二次利用、翻案等は、著作権法上の例外を除き禁じられています。
*本書の電子データ化などの無断複製は著作権法上の例外を除き禁じられています。代行業者等の第三者による本書の電子的複製も認められておりません。

ブックデザイン　岡本歌織 (next door design)
装画・挿画　北澤平祐

制作／直居裕子　資材／武藤心平　販売／飯田彩音
宣伝／鈴木里彩　編集／吉見世津

小学館の児童書

希望を捨てずに生きのびた
少年の勇気の物語

第二次世界大戦中、イタリア。
少年は路面電車で逃げる……

命をつないだ路面電車

テア・ランノ

関口英子・山下愛純 訳

1943年10月、イタリアの首都ローマのユダヤ人居住区。12歳の少年エマヌエーレは、ナチスドイツ軍がユダヤ人を連行する混乱の中、その場から逃げだし路面電車の中に身をかくした。停留所を一つ、また一つと乗り越し、息をひそめて市内を揺られていく。見つかったら、強制連行されてしまうのだ。

小学館の児童書

壁も溝も、
自分のやり方で越えていく!

2022年、アメリカ学校図書館
ジャーナルの優秀作品に選出

車いすでジャンプ!

モニカ・ロー

中井はるの 訳

エミーは、車いすモトクロス選手にあこがれている12歳の女の子。自宅の庭で練習を重ね、モトクロス用の高性能な車いすを買うためにオンラインショップも運営して、夢に向かって着実につき進んでいた。そんなある日、学校でエミーが「転倒」。周囲との関係までギクシャクして……。

小 学 館 の 児 童 書

ちょっとフクザツな3人の、
心温まる日常

国際アンデルセン賞受賞作家による、
兄弟の絆の珠玉の物語

シンプルとウサギのパンパンくん

マリー＝オード・ミュライユ

河野万里子 訳

高校生のクレベールは、知的障碍をかかえる兄・シンプルと、親元をはなれパリで暮らす決意をする。弟の不安をよそに、シンプルは、ウサギのぬいぐるみのパンパンくんと遊んでばかり。シェアアパルトマンで学生たちと共同生活をはじめると、二人の日常は、どんどんフクザツになっていき——。